A SAGA DE FERRO:
LIVRO UM

# A VINGANÇA
# DOS INJUSTIÇADOS

Gabriel Madalena

**COPYRIGHT © SKULL EDITORA 2022**

Proibida a reprodução total ou parcial desta obra, de qualquer forma ou por qualquer meio eletrônico, mecânico, inclusive por meio de processos de fotocópia, incluindo ainda o uso de internet, sem a permissão expressa da Editora Skull (Lei nº 9.610, de 19.2.98)

**Diretor Editorial**: Fernando Cardoso
**Projeto Gráfico:** Cris Spezzaferro
**Revisão:** Amanda de Santana
**Arte da Capa:** Cris Spezzaferro

Dados Internacionais de Catalogação na Publicação (CIP)

---

M178 Madalena, Gabriel
    A vingança dos injustiçados: a saga de ferro - Livro 1 / Gabriel Madalena; Lucas D'Angelo (Mapas). – São Paulo: Todos Livros, 2022.
    185p.: 14x21cm

    ISBN 978-65-51230-70-7

    1. Ficção. 2. Fantasia. 3. Literatura brasileira. I. Madalena, Gabriel. II. D'Angelo, Lucas (Mapas). III. Título.

                           CDD 869.93

---

Índices para catálogo sistemático:
1. Ficção : Literatura brasileira

Todos os direitos reservados, incluindo os direitos
de reprodução integral ou em qualquer forma.

---

CNPJ: 27.540.961/0001-45
Razão Social: Skull Editora Publicação e Venda de Livros
Endereço: Caixa Postal 79341
Cep: 02201-971, - Jardim Brasil, São Paulo - SP
Tel.: (11) 95885-3264
www.skulleditora.com.br/selotodoslivros

@skulleditora
www.amazon.com.br
@todos.livros

*Os homens do Reino de Mannheim brandiam,*

*À beira do riacho, boiavam os corpos, o sangue escorria, ditado pelo rumo da água.*

*As lágrimas dos órfãos são a sinfonia da guerra, mas aos olhos dos livres serviam-lhe melhor as espadas do que as correntes da escravidão.*

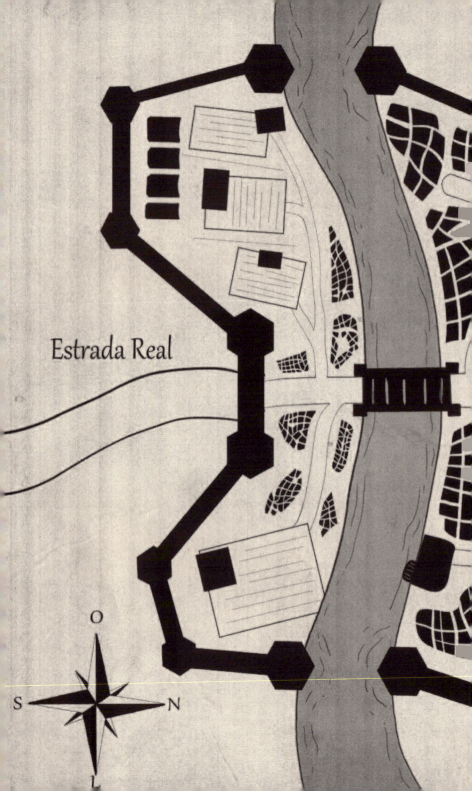

# Mannheim

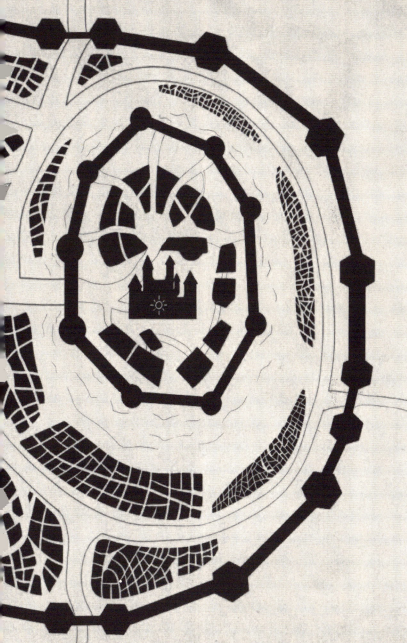

Estrada para
Academia do
Sol Negro

Estrada para
Jango

# PRÓLOGO

# CAPÍTULO UM

## LEVANTANDO E SEGUINDO EM FRENTE

Meu nome é Jet. Eu tenho doze anos, sou órfão, ou seja, não faço a mínima ideia de quem são meus pais. Vivo com minha melhor amiga numa vila com plantações extensas e casinhas altas, sob o véu protetivo do Rei Usurpador do Reino de Mannheim. Nosso abrigo durante os dias chuvosos e difíceis é um pequeno esconderijo improvisado acima de uma casa abandonada, algo cada vez mais comum ultimamente. Um ladrãozinho cabeçudo que adora repolhos, segundo alguns mercadores astutos. Para Francisca, sou um garoto com muita vontade e pouca habilidade. Quando o reflexo de um lago encontra meus olhos, às vezes, vejo um fracassado, e, às vezes, deixo minha imaginação me viajar para longe e me enxergo como um Cavaleiro Negro, lutando pela justiça com uma enorme espada de aço apoiada nos ombros. Mas na maior parte do tempo, longe dos sonhos e imaginações, sou apenas um órfão desajeitado, ladrão de provisões, amigo de uma garota incrível e dono do meu próprio destino.

— Faça o que quiser garoto, você não vai conseguir.

Ouvir aquelas palavras me enchia de determinação para provar a senhora Francisca que eu era capaz. Retruquei:

— Se duvida tanto de mim, pague-me o dobro, e acerto a garrafa de olhos fechados!

O arco em minhas mãos era simples, afinal de contas, eu mesmo o montei com o que sobrou de uma carreta tombada na floresta próxima à vila. As flechas, afiei por horas, com uma faca que encontrei em um amontoado de fenos. Nada poderia dar errado.

— De olhos fechados, garoto? Você é estúpido ou o quê? — disse ela gargalhando tão vigorosamente que alguns respingos de cuspe atingiram meu rosto. — É uma aposta, então! Caso acerte, não só lhe pago o dobro, lhe ensino a forjar uma espada.

Meu coração acelerou. Sonhei com um futuro improvável. Com uma espada, eu desbravaria o mundo, salvaria donzelas de vilões, defenderia amigos em um campo de guerra, protegeria reis envoltos em tramas de traições e, quem sabe, com muita dificuldade e perseverança, eu não mataria um dragão? Senti firmeza na ponta dos meus dedos, o calor de um futuro recheado de aventuras me abraçava. A flecha em riste, com um alvo marcado. Era um bandido — não, não, um dragão! O vento assobiou em meu ouvido, puxei a linha de minha arma calmamente para trás, espremendo os olhos em busca da máxima precisão, então soltei.

A indistinguível gargalhada de Francisca. Errei o alvo, por muito.

— Garoto, você é uma peça! Quase acertou meu marido, por isso, eu seria eternamente grata. — Pigarreou, de tanto rir.

Eu jurava que ia acertar. Droga!

— Está tudo bem. — Ela se aproximou de mim, dando duas leves batidinhas em minha cabeça, como faz geralmente com seu cachorro. — Você só precisa continuar tentando. Que tal aprender a fazer uma espada?

Controlei-me para não gritar de alegria, queria parecer maduro. Com qualquer outro, meu teatro talvez funcionasse, mas não com ela. A senhora Francisca me conhecia bem demais, era como uma mãe para mim, saberia ler meus sentimentos em qualquer situação; esse é o mal de conhecer alguém demais.

Um aconchegante sorriso se formou em seu rosto.

— Jet! Jet! — Era a voz de Kayla me chamando.

— Sua amiga o espera. Volte mais tarde e terei uma surpresa para você, combinado? — Terminou a frase com uma piscadela do olho direito, e saiu em passos rápidos para a forja. — E não se meta em confusão!

— Jet! Você não vai acreditar no que está acontecendo! — Os cabelos ruivos de Kayla atingiam a altura de seu ombro, e seus olhos, quase sempre vigilantes como uma coruja, brilhavam numa tonalidade de verde magnífica. Ela sempre fora ágil como uma acrobata, mas forte como uma cavaleira, muito mais forte que eu, portanto, sempre me protegia em brigas, uma amizade deveras útil.

— O quê? Conte-me! — retruquei.

— Se conseguir me acompanhar, verá.

E fomos. Pulando em cercas, escalando telhados, escorregando nos saltos mais ousados, encontrando o chão sujo e lamacento da vila, caindo sempre com bom humor, levantando e seguindo em frente.

— Parem de correr, seus pestinhas! — gritou o Sr. Roberto, apoiado em sua carroça, completamente estufada de nabos e batatas recém-colhidas.

Não sabia para onde ela estava me levando. O vento assobiava, e o sol, quente e aconchegante, esquentava meu corpo. Senti-me feliz, observando as pessoas andando de lá para cá, com seus afazeres diários, em paz e harmonia. E os pássaros, mesmo que distantes, cantavam, em paz e harmonia. Apesar de ser um órfão em péssimas condições financeiras, trajado em trapos sujos e constantemente com fome, eu sou feliz, mas ainda desejo ver o mundo.

— Psiu! É para cá! — Uma pirueta, seguida de acrobacias levemente extravagantes, e ela estava em segundos no telhado de uma casinha de madeira. — Vem logo, senão você vai perder!

— Exibida. — resmunguei.

Caí duas vezes, até que ela desceu para me auxiliar na subida. Minha masculinidade não é frágil, então nem ligo, mas gostaria de ser um pouquinho menos desajeitado nesse tipo de coisa. Alcançamos o telhado, e um leve frio na barriga me acometeu. Raramente eu conseguia subir em casas tão altas, e a vista, bem, muitos telhados seguidos de vielas com dezenas de mercadores estacionados, gritando seus preços.

— Se liga, é logo ali, tá vendo? Se você se esforçar bastante, vai ver, são aventureiros, contrabandeando uma espada enorme. Cheguei a ver um pouco dela, o aço cintilava tão forte quanto um diamante. Deve ser a espada de algum rei, ou um herói — disse ela, com os olhos brilhando em excitação. Virou-se para mim e sorriu. — Quer ir mais perto?

— Não! Já estamos perto o suficiente.

Estávamos deitados no telhado, para que os homens não pudessem nos ver. Contei quatro, dois encapuzados em túnicas verdes, ambos barbudos. Os outros dois, trajados em túnicas negras, e por baixo delas, um gibão acinzentado com um símbolo irreconhecível. Os quatro brutamontes estavam a cerca de seis metros de distância da gente e agiam de maneira suspeita, olhando para os lados constantemente, como um ladrão furtivo em ação. E disso entendo muito bem: sempre roubo algumas batatas e nabos do Sr. Roberto, não que eu me orgulhe disso.

— Deixa disso! Vamos mais pra per...

Antes que ela pudesse terminar a sentença, um dos brutamontes de túnica verde desembainhou sua espada e com um golpe rápido dirigiu a ponta de sua espada em direção ao peito do homem à sua frente. Para o seu azar, o seu adversário agiu mais rapidamente, com reflexos aguçados, e reagiu com um belo salto para trás. Os quatro sacaram suas espadas, e como numa dança, movimentavam-se para os lados; os aços se chocaram, calcanhares giravam, e golpes foram desferidos a esmo. Até que um dos brutamontes barbudos escorregou numa pedra, perdendo o ritmo da dança, resultando em sangue e morte.

Uma situação desvantajosa para o último barbudo restante, no entanto, ele permanecia ereto e concentrado. Seus olhos azulados fitavam os oponentes furiosamente; os pelos de minha nuca eriçaram, então recuei, com medo de ser avistado por aqueles olhos.

Já Kayla tomou uma decisão contrária aos meus instintos: ergueu mais ainda a cabeça, como um pássaro curioso; imprudentemente levantou o corpo também, e esse provavelmente foi um dos maiores erros de sua vida, já que uma das telhas mal posicionadas do telhado cedeu, desabando espalhafatosamente. O susto fez com que minha amada amiga resvalasse diagonalmente, indo de encontro com o solo, logo atrás da dupla de bandidos.

Os dois brutamontes se assustaram; já o barbudo aproveitou-se da distração e, com uma única lufada concêntrica, dilacerou seus oponentes.

— Me ferrei — sussurrou Kayla.

O homem retirou seu capuz. Ele tinha uma feição doce e um rosto marcado por cicatrizes diversas. Uma das maiores começava na ponta de sua testa e fluía como um rio até a sua bochecha direita. Portentoso como um boi, ele caminhava em direção a Kayla.

Pigarreou, sorriu brevemente e começou:

— Ora, ora, devo-lhe muito, garotinha.

Ele interrompeu os passos, agachou-se, remexeu no corpo de um dos mortos e agarrou uma grande bolsa com sua mão esquerda, e a mão direita enrijecida com uma espada em mãos.

— Sem você, eu provavelmente seria empalhado por esses bobões. Como um agradecimento, saciarei sua curiosidade. Essa é a espada que você e seu amigo ali em cima tanto querem ver.

Meu rosto enrubesceu. Ele sabia que eu estava ali o tempo inteiro, ele sabia. Se ao menos eu tivesse meu arco, uma lástima que o esqueci na casa de Francisca.

Arremessou a arma de sua mão direita ao chão, e com as mãos juntas, puxou da bolsa uma longuíssima espada. O aço, tão vivo e reluzente, sem dúvida, era élfico. No cabo, gravuras escamadas enrolavam-se até o pomo, onde uma serpente acinzentada fora esculpida com as presas para fora da boca. A espada mais bela que meus olhos já encontrou.

— Bom, para o seu azar, sou muito paranoico, testemunhas me incomodam — disse ele, investindo com a exótica arma em mãos.

— Eu me ferrei muito — sussurrou Kayla, novamente.

Ela sacou um punhal de sua empunhadura, minúsculo em comparação à magnífica espada. Arremessou sua arma de uma mão para a outra, arqueou o corpo para frente e para trás, aquecendo-se, preparando-se para o embate.

Eu não deixaria minha amiga sozinha.

Abaixo de mim, no mínimo meia dúzia de telhas quase desprendidas, prontas para serem arremessadas, caso eu tivesse a força necessária. Claramente não tinha, pois não consegui tirar nem sequer uma delas. Então, só me restava uma opção: investir, atacar.

Pulei do telhado como uma águia, num salto de fé. No céu, os pássaros cortavam as nuvens, e o sol reluzia atrás de mim. O meu alvo girou os calcanhares em minha direção, realizando uma finta. Incapaz de alterar meu curso, minha cabeça ia de encontro a uma lasca de madeira gigantesca. Escuridão total.

Vozes, bem baixinhas.

— Esse idiota saltou de um telhado e deu de cara com uma lasca de madeira? — perguntava uma das vozes, gargalhando.

— Sim! — respondeu outra voz, levemente familiar.

Recobrei a consciência em alguns instantes. A visão turva me impossibilitava de entender exatamente onde eu estava, mas as costas e a bunda anunciavam que era uma cama confortável, ao menos.

— Garoto, acorda.

Francisca.

Levei minha mão à cabeça, senti um ardor incômodo, provavelmente um hematoma decorrente de enfiar a cabeça numa lasca de madeira.

— Você deu sorte de que Kayla é a melhor espadachim desta província. Ela despachou o bandido para o inferno. — Francisca tocou meu peito gentilmente com as mãos, empurrando-me de volta para a cama, então, me cobriu com um cobertor azulado, senti-me seguro.

— Que saco, nem sequer sou capaz de protegê-la.

— Meu herói. — A outra voz era a de Kayla. Minhas bochechas ruborizaram diante do sorriso malicioso dela.

Estava feliz em vê-la bem, mesmo que meu fracasso virasse motivo de piada constante para elas. Queria não ter desmaiado, para aprender uma coisa ou outra observando o embate de Kayla.

— A espada. — Gaguejei. — O que aconteceu com ela?

Rispidamente, Kayla rebateu:

— Ao seu lado direito, bobalhão. Encontrei também um anel inusitado, adornado com um olho escarlate de uma serpente.

Saltei da cama. Na cabeceira ao meu lado, estavam a gigantesca espada e o estranho anel. Aproximei-me, estendendo a mão em direção ao anel.

— Não, não faça isso garoto. O anel é mágico, poderoso e tentador. — Começou Francisca, com um tom de voz taciturno.

Recuei.

— Estou apenas zombando de você. — Gargalhou. — É só um anel, o símbolo das cobras é de uma organização do submundo de Mannheim, não sei muito bem o que vieram fazer em nossa pacata vila, talvez considerassem um local tranquilo para realizar contrabandos menores. De qualquer jeito, precisamos sumir com esses itens, só não os joguei na fornalha porque imaginei que você quisesse vê-los de perto. Uma arma de um verdadeiro guerreiro, mas não se engane garoto, não há beleza nenhuma em uma arma, são presságios de morte. Quem as empunha, deve saber que, a cada guinada, aposta-se a vida. E não há glória o suficiente para todos os espadachins, nem mesmo para os mortos.

Kayla meneou a cabeça, concordando com a forjadora.

— É melhor você descansar, o galo em sua cabeça já começa a cantar! — disse Kayla, sorrindo novamente, de maneira maliciosa.

Encontrei meu reflexo num pequeno espelho de ligas de metal. Minhas madeixas negras emaranhadas me faziam parecer um louco. A faixa em minha cabeça escondia um ferimento doloroso, meus olhos esverdeados estavam comprimidos e cansados. Talvez dormir um pouco não me faria mal.

— E não esqueça seu arco aqui novamente, ou o quebrarei com minhas próprias mãos e jogarei o que sobrar em um lago — gritou Francisca.

Adormeci com o som do aço derretendo na forja.

...

— Está um pouco melhor? A forjadora lhe encheu de tantas ervas que me surpreende você estar de pé.

— Estou sim, Kay.

A dor se assemelha a um martelo, constantemente batendo num prego obstinado, mas tudo bem, é o preço a pagar pela minha insensatez.

— Se eu puder ser honesta, achei muito bravo o que você fez.

A interrompi bruscamente.

— Pare de zombar de mim, por favor.

— Estou falando sério — retrucou ela, erguendo os braços em minha direção, tocando meu ombro. — Só você para pular de um telhado desarmado em direção a um brutamonte armado. Você é corajoso, Jet.

— Obrigado. Que tal usarmos meus ferimentos para conseguir uns pepinos do Sr. Roberto? Seu coração vai amolecer ao ver o tamanho do machucado em minha cabeça.

— Ok, eu definitivamente não esperava que ele fosse desmaiar — disse Kay, observando o Sr. Ribeiro, que, duro como uma estátua, havia desmaiado após eu retirar as aturadas de minha cabeça para lhe contar uma história trágica de como caí de um telhado tentando salvar minha amiga.

Ela continuou, enquanto habilmente desviava do inconsciente mercador, em direção à carroça:

— Bom, eu vou querer um pepino e um tomate, e você?

— O mesmo. — Abaixei-me, e toquei o pulso do Sr. Ribeiro, estava vivo, pelo menos.

— Ele tem um rostinho engraçado, né?

— Ei! O que estão fazendo? Vocês! Seus pestinhas! — Um homem saiu de uma das vielas e chocou-se com o que viu. De relance, observou duas crianças com pepinos e tomates em mãos, e o Sr. Ribeiro, desabado.

Deve ter nos confundido com ladrões. Baliu com um bode e correu em nossa direção desajeitadamente.

— Hora de ir! — gritou Kay.

Corremos, saltamos, escalamos e caímos, com o sol se pondo em nossas costas, como sempre.

A vida de um órfão em nossa vila é no mínimo conturbada, quase nunca temos o que comer, reviramos lixos, mendigamos próximo a mercadores, que, às vezes, nos expulsam aos chutes, e, às vezes, por pena, nos dão restos de legumes para comer. Não me orgulho muito do que vou dizer agora, mas o jeito mais garantido de se alimentar é roubar. Nem sempre é fácil, Dyeaus sabe quantas vezes já tivemos que correr desesperadamente de testemunhas e agressores. Os telhados, apesar de escorregadios, eram nossos aliados nessas situações caóticas; era mais simples fugir e atravessar a cidade pulando por cima dos obstáculos escorregadios, do que tentar a sorte contra as foices, garfos, espadas dos que nos avistavam roubando.

Há certa hierarquia nas ruas, os grupos maiores de crianças são organizados, mas escassos, têm seus próprios líderes e territórios, quase sempre estão esquematizando elaborados planos para seus roubos — eu os descreveria como uma gangue de valentões, pois se avistarem órfãos solitários, ou tentam recrutá-los ou os enchem de porrada e levam tudo de valioso que o coitado tiver. Por sorte, eu tinha Kayla ao meu lado. Ela franzia o cenho, e todos corriam como gatinhos assustados para longe.

Não sei como vim parar nessa cidade, nem quem são meus pais, mas Kayla é como se fosse minha família. Na noite em que nos conhecemos, eu estava prestes a tomar uma surra de uma dessas gangues, encurralado em uma viela sem saída; sua voz ecoou, crepitando como um predador faminto pronto para o bote.

— Você está bem? — Ela dirigiu a voz a mim.

— Está, sim, estamos apenas nos divertindo. — Um dos garotos retrucou sarcasticamente, com os punhos cerrados e os olhos premidos, examinando o ambiente em busca da misteriosa figura.

Surgiu das sombras, com trapos rasgados e apenas um chinelo no pé. O cabelo ruivo preso em um coque feito às pressas. Seus olhos emanavam uma aura medonha. Descreveu um círculo, rodopiou até as costas de um dos grandalhões e o derrubou com um soco na nuca. O restante, futilmente, avançou em direção a ela, que, com o corpo vergado, desviou de chutes e socos. Era a vez de ela revidar, pois com um sorriso malicioso, acertou um chute entre as pernas de um dos oponentes. Ele se contorceu de dor e não levantou do chão lamacento. O último, simplesmente desistiu, dando às costas para a batalha, repetindo:

— Não vale a pena, não vale a pena mesmo.

Ela se inclinou em minha direção, e sem deixar de sorrir, me perguntou, com a voz meiga e calma — nem parecia a mesma pessoa:

— Você está bem?

— Estou sim. Você é incrível! Obrigado por me salvar. — Acho que soei como uma daquelas donzelas, que, após ser salva pelo seu herói, gruda nos braços deles e o implora para não ir embora mais.

— De nada. — Me ajudou a levantar, e saiu andando, sem dar sinal de que queria continuar nossa conversa.

— Você está sozinha? — Corri em sua direção. Não era todo dia que alguém conversava comigo, olhar nos meus olhos, então, uma verdadeira raridade. Minha lista de amigos era bem curta mesmo: Francisca, uma forjadora que me dava algumas roupas velhas e o que comer.

— Não mais do que você, eu acho. — Rangeu os dentes quando me posicionei à frente dela, gesticulando que ela parasse por um momento para me ouvir.

— Essa doeu! Está com fome? — Tirei do bolso de minha calça rasgada um pedaço de pão velho e duro, uma regalia em nosso mundo. — Coma!

Antes, os valentões tentaram acertar socos e pontapés nela, mas um ato de gentileza minha a desmoronou de uma maneira muito mais eficaz que uma saraivada de golpes. Franziu o cenho, e em seguida, me mostrou seus amarelados dentes de leite.

— Obrigado.

— De nada. — Enrijecendo os músculos e levantando a cabeça, fiz uma boa impressão de Kayla Brava, o que nos rendeu boas gargalhadas e um tapão no meu ombro, quase caí para o lado, mas ela me segurou.

— Desculpa. Não sei medir minha força. — Ela estendeu as mãos, me ajudando a se equilibrar.

— Acho que eu sou fraco demais mesmo.

— Bem provável. — Gargalhamos, selando nossa amizade.

Kayla, uns bons anos depois, disse-me o motivo de ter me salvado naquele memorável dia, segundo ela: minha feição assustada e indefesa a lembrava de alguém que ela conhecia. Me pergunto de quem ela estava falando. Nos conhecemos quando éramos muito pequenos, não mais do que oito anos de idade. Ela deve ter passado por bons bocados para terminar na rua. A vida já era complicada o suficiente, então nos concentramos em sobreviver, não em falar do passado.

...

Já era noite, e chovia, gotas finas e espaçadas encontravam meus braços, escorrendo em direção às mãos. Estávamos a caminho de nosso abrigo, quando um raio cruzou os céus.

— Por que você acha que chove? — perguntou ela, com a cabeça levantada, deixando as gotas acertaram seu rosto. Abriu a boca, para saciar a sede, e continuou: — Eu acho que há magia nas nuvens.

— Seres mágicos dentro das nuvens? Ou fadas. Não sei, mas adoraria descobrir as respostas, desbravar o mundo em busca delas.

— Interrompi minha fala, para também saciar minha sede com a água da chuva.

— Bem, e qual pergunta você faria ao mundo? O que gostaria de saber?

— Não sei bem, são tantas perguntas, mas comecemos pela chuva. Juntos, descobriremos o motivo de chover.

— Ok. — Ela sussurrou, aproximando-se mais de mim, até estarmos perto o suficiente para um abraço singelo. Nos abraçamos, conforme a chuva engrossava.

— Juntos — sussurrou novamente.

Sonhos são para muitos um sinal divino, uma mensagem dos Deuses. Para ser sincero, se Dyeaus quisesse me dizer algo, não faço a mínima ideia do que significava. Sonhei com uma dezena de galinhas cacarejando, nervosas, correndo desesperadas com os olhos fixos num alvo; para meu azar, eu era o tal alvo. Atravessando um campo de girassóis altos, consegui despistá-las. Uma caverna anormal se erguia no horizonte, um ótimo lugar para se esconder, quase conveniente demais. Lá, meus olhos se fecharam, dando fim a esse assustador e cômico sonho.

No dia seguinte, por cima do destruído teto da casa abandonada no qual dormíamos, o sol invadiu meus olhos. Passarinhos sobrevoavam. Cerrei os olhos. Não eram pássaros, eram urubus. Virei-me para o lado, buscando as mechas vermelhas de Kayla. Ela não estava ali.

O grosseiro cobertor amarronzado que usamos para acolchoar o chão permanecia levemente desorganizado, o que significava que ela já levantou, provavelmente fora roubar alguns pãezinhos.

Urubus, aqui na vila? Urubus significam morte. O que será que está acontecendo? Será que ela foi pega roubando e os guardas reais a sentenciaram à morte? Uma mera ladra. Não iriam decepar apenas uma ladra, iriam? Preciso ir.

Saltei. Minhas costas doíam, estamos dormindo no chão há mais de cinco anos, e ainda assim, meu corpo não havia se acostumado com a falta de conforto. Agarrei meu arco com a mão esquerda, saltitei por cima dos destroços da casa e corri, seguindo o rastro de morte, os urubus.

— Observe bem, senhor, observe como ela se move com esse punhal. Ela já derrubou mais de cinco garotos... está dando sinais de cansaço, será capaz de derrubar mais quantos? Eu chuto que ela conseguirá derrubar mais dois, até que a adrenalina abandone seu corpo e os ferimentos latejem. Mulheres fortes são aberrações mágicas.

— Deixe de latir asneiras, soldado. A garota é competente o suficiente para lhe derrubar, mesmo que você empunhasse o aço mais afiado de Mannheim, ainda assim, apostaria todo o meu ouro nela.

Uma multidão se formava em um único círculo. Marginalmente, os curiosos se aglomeravam; mais ao centro, soldados imperiais de Mannheim com suas lanças afiadas gargalhavam. Cortei a multidão rapidamente, e enfim, alcancei o âmago da concentração. O objeto de atenção de todos eram dezenas de crianças, que, com espadas de madeiras, arremessavam-se uns aos outros, desajeitadamente.

— Olhe aquele ali, soldado. Deixe anotado, o garoto de cabelos loiros, é notável também.

— Senhor Podrick, tem mais um fedelho aqui. Com olhos castanhos assustados e cabelos negros como os urubus acima de nós, de relance, enxerga algo de notável?

— Seu medo. Ignore-o, observe o restante, os que ainda estão vivos, pelo menos. — Ele respondeu.

Uma voz na multidão surgiu, balbuciando:

— Meu filho, meu filho, salvem-no. — Os soldados sentiram a multidão enraivecer-se, e apontaram as lanças em direção aos habitantes, indicando que eles recuassem; caso contrário, haveria mais sangue.

Kayla foi atingida na nuca por uma espada de madeira, mordeu os lábios, virou-se como uma leoa e golpeou as pernas do pequeno garoto que a atingiu, o derrubando instantaneamente. Chutou-lhe no escroto e viu as lágrimas surgirem em seu rosto sardento.

Havia cerca de oito crianças em pé, e oito desacordadas.

Venci meu medo, sob a única condição que me fazia corajoso: vê-la em perigo. Arqueei o corpo e investi em direção ao garoto loiro que iria atingir suas costas com um punhal, no entanto, fui impedido pelo soldado falastrão, que me agarrou pelo peito e gritou:

— Arcos não lhe ajudarão, imbecil. — Atingiu-me com uma bofetada na bochecha, e entregou um punhal simples de madeira em minhas mãos, empurrando-me para dentro do círculo logo em seguida. — Agora, vá, para a morte.

Ela havia repelido o ataque do loirinho, deu um contragolpe com uma lufada, atingindo sua mandíbula, desacordando-o instantaneamente.

Nove crianças desacordadas.

Meu primeiro oponente era uma criança um pouco mais alta do que eu, com braços largos e tatuados. Ele sorria ardilosamente, quase como se estivesse farejando o meu medo.

Projetei o punhal acima de minha cabeça, tal como Francisca me ensinou, e respirei profundamente, relaxando meu corpo.

— Olhe ali, o medroso, parece ter sido pobremente treinado, pois está levando uma surra humilhante. A cada queda ele se levanta mais furiosamente, no entanto perde mais e mais sangue. Em breve estará desacordado em uma poça avermelhada — constatou o soldado.

— A garota enfureceu-se também, veja como ela desvia de seus oponentes, os derrubando com um único golpe, está indo em direção ao garoto caído, será que se conhecem? Interrompa-a, faça com que ela continue a lutar contra os outros garotos, desejo ver mais dela, aparenta ser a mais promissora recruta que minha velha barba acinzentada já encontrou — vociferou Podrick.

— Jet! — Ela gritava.

— Kayla!

Kayla estava quase me alcançando. Torci para que ela conseguisse, não aguentava mais apanhar; os trapos rasgados exibiam em meu torso hematomas arroxeados, minha visão passara a se tornar levemente turva. Mal consegui segurar corretamente o punhal.

Dez crianças desacordadas.

Chegou bem perto de me salvar, mas um soldado chutou sua barriga violentamente, provavelmente acertando o diafragma, ou a costela. Ela desabou, como eu, e os outros garotos aproveitaram para atacá-la coordenadamente.

Desvencilhou-se da situação com uma rasteira em um semicírculo, derrubando dois garotos. Saltou para frente, em minha direção, mas um dos oponentes a puxou pelos cabelos, derrubando-a novamente. Já o garoto à sua esquerda desferiu um murro em seu nariz, deixando-a levemente desorientada.

— Jet! Lute, você precisa lutar! Derrube-o, e juntos, juntos venceremos. — Praguejou Kay, em posição fetal, enrijecendo seu corpo para se proteger das espadadas constantes.

— Senhor, eles se conhecem, sua suposição era correta, no entanto, ambos estão prestes a desmaiar. Devemos interromper o massacre e levarmos os recrutas escolhidos? — sussurrou o soldado.

— Não, deixe-os, quero ver se o medroso é capaz de acertar sequer um golpe em seu oponente.

— Eu consigo! — Tentei soar firme e forte, mas minha voz trêmula provavelmente deixou evidente o meu medo.

Lágrimas escorriam de meu rosto, sangue escoava de meu nariz. Levantei-me mais uma vez, meu oponente ergueu a espada em minha direção e atacou-me. Posicionei a espada em riste, para defender-me, e falhei, mais uma vez. O punhal voou de minha mão com uma velocidade impressionante, caindo em cima de um pobre garoto inconsciente. O gume da espada sibilou no ar, atingindo a lateral de meu rosto. Derrubando-me, mais uma vez.

Kayla. Contraída, sendo espancada, enquanto eu mal conseguia acertar um mísero golpe, ela morreria em minha frente, sou fraco demais para ajudá-la. O garoto à minha frente fingiu que iria me atacar, mas recuou em última instância, rindo do fato de eu ter recuado como um rato amedrontado.

— Parem! Vocês vão matá-la! — gritei. Meu peito doía, até mesmo falar era um desafio.

A voz dela ressoou em meus pensamentos. Juntos, ela sussurrou... Juntos descobriremos.

Levantei-me, uma última vez. Minhas pernas tremiam, meus braços latejavam. Arrastei-me para frente, a ponta da espada atingiu meu crânio violentamente; desequilibrei-me com o golpe, decaindo para o lado, porém permaneci em pé, arrastando-me em direção ao garoto. O maldito empertigou-se novamente, desta vez, concentrando toda sua força num único golpe, em seguida, um estalo alto como o bater de um tambor.

No reflexo dos seus olhos, vi um Cavaleiro Negro, com uma espada longa repousada nos seus ombros. Eu não cairia dessa vez.

O gume da espada se desfez em minha cabeça, o sangue espirrou para todos os lados, pintando de modo fúnebre os trajes brancos do meu oponente, porém permaneci em pé. O garoto congelou, os músculos endurecidos, pálido como as nuvens. Atarraquei os punhos, meu corpo tremia. Rugi como um leão e esmurrei o rosto do garoto uma vez, duas vezes, três vezes, incontáveis vezes, até vê-lo no chão, não sabendo o que era sangue meu, e o que era sangue dele.

— É o suficiente — gritou Podrick. — Cabeça de ferro, garota, e os que ainda retém consciência, venham. Serão recrutas da Guarda Imperial, caso não queiram, avisem-me, farei com que suas famílias encontrem o aço de minha lança, aí, quem sabe, não mudem a ideia de vocês. — Virou-se para a plateia, gesticulando os braços. — Pais e mães, alimentaremos bem seus filhos, ensinaremos o caminho da espada e encheremos os bolsos deles com riquezas. Caso os vejam novamente, serão heróis do exército e um orgulho para a vila. Não atrapalhem meu caminho, desejo voltar à Mannheim.

Sangue e escuridão. Senti o calor de seus braços, antes de desabar no chão. Estávamos juntos, ao menos.

# CAPÍTULO DOIS

## COMO ESTÁ A CABEÇA, MELHOR?

**M**ais uma vez desacordado por uma pancada na cabeça. Infelizmente, golpes no meu crânio estavam virando habituais. Duas vezes na mesma semana.

Antes da escuridão, ouvi uma voz ecoando à distância, soava desesperada — era Francisca.

— Não, não, não. — Ela gritava.

Nos meus sonhos, vi sua imagem numa calorosa forja; o martelo encontrava o aço e como o brilho das estrelas, todo o ambiente se iluminava.

Meus olhos piscaram algumas vezes antes de abrir. Éramos três garotos numa longa carroça de madeira, um soldado e uma garota. Atrás de nós, uma ruela de pedras, coberta lateralmente por árvores esverdeadas. À nossa frente, muitos cavaleiros montados em galeões e mais algumas carroças, no entanto, eram muito mais elaboradas que as nossas, uma bandeira ondulava ao vento, o símbolo do Exército de Mannheim, um Sol Negro.

— Finalmente! — Ela correu em minha direção, abraçando-me. Os ferimentos arderam, o efeito colateral de sobreviver era uma angustiante dor no corpo.

— Vai com calma, Kay — respondi sorrindo.

O garoto loiro fitava diretamente à estrada, e lágrimas escorriam de seu rosto angelical. O outro era provavelmente um pouco mais velho que eu, queixo quadrado, magro, com suas tatuagens de frutas ao redor dos braços e um cabelo embaraçado, com volumosos fios ondulados.

— Como você sobreviveu a tantas pancadas eu não sei, cabeça de ferro, mas por incrível que pareça, fico feliz que está vivo. Não me enxergo como um assassino. — Grasnou ele, sua língua enrolada fazia com que errasse a pronúncia de algumas palavras. — Chamo-me Vennus.

— Jet — respondi, ainda tonto.

— Não nos dirija sequer uma palavra, imbecil. — Kay avançou, furiosa, esmurrando Vennus no torso.

O garoto mordeu os lábios de dor, levando as mãos à barriga.

— Você sabe socar — retrucou, ironicamente.

Mais um soco, dessa vez, no meio da fuça.

— Ei! Sem brigas exageradas! — gritou um dos soldados sentados conosco.

O silêncio tomou conta da viagem, vi o nascer do sol pela primeira vez longe de casa, na estrada, como um aventureiro, era belo, como sempre imaginei que seria. À tarde, choveu.

— Vennus, por que você acha que chove? — perguntei, rompendo o silêncio horas depois.

— Minha mãe costumava dizer que tempestades são um bom presságio, que é por conta das gotas d'água que as flores nascem. Nunca me explicou o porquê de chover.

Kay revirou os olhos e bufou, irritada.

— Chove porque os deuses estão chorando — sussurrou o outro garoto, com seus olhos azuis contemplativos. — Eles estão chorando pelo tanto de crianças que matamos. — A voz ressoando alta como um trovão. — Tudo isso para quê? Porque só não nos levaram, porque fizeram matarmos uns aos outros?

— Ninguém morreu, garoto. — O soldado respondeu calmamente. — Alguns talvez não andem por alguns meses, mas ninguém morreu. Não somos monstros, pelo menos não o do tipo que mata crianças.

Antes que pudesse terminar a frase, o loirinho atirou-se na estrada e, rasgando os cotovelos, correu em direção à floresta.

— Alguém mais deseja desistir? Esse rapaz morrerá em dois dias, sozinho, na escuridão total. Desejando vingança. Alguém quer se juntar a ele?

A carroça à nossa frente parou. Um homem desceu rapidamente, era aquele barrigudo grosseiro que nos observava, julgando nossas capacidades ofensivas. Careca e com uma barba acinzentada, coçou a virilha e gritou:

— Desçam! Ajudem-nos a carregar as carroças e os cavalos para floresta adentro. Descansaremos, está quase anoitecendo.

Éramos uma companhia de cerca de dez pessoas, três carroças e mais quatro cavaleiros montados. Contei as crianças junto à Kayla e Vennus, quatro, fora nós três. Não tivemos tempo para mais cálculos, ajudamos a descarregar os suprimentos, organizar as fogueiras e acalmar os cavalos.

Ao cair da noite, todos sentamos em um único círculo, a panela acima da fogueira esquentava um cheiroso guisado de porco com batatas e cenouras. Nos obrigaram a comer de maneira moderada, a fome fazia meu estômago revirar-se em borbulhas. Podrick gritava que essa era nossa primeira lição: entender a importância de racionar.

— Kayla, quando você vai me perdoar por acertar a cabeça de ferro do Jet tantas vezes?

— Estou pensando — sussurrou agressivamente Kay, acertando um chute no joelho de Vennus.

Esse foi o segundo dia de viagem. Sonhei com Francisca, ensinando-me a forjar uma espada. Senti o vento gentilmente impulsionando meus cabelos negros para trás, saltos, escaladas e quedas. Tudo isso ficou para trás, eram memórias, sonhos. Naquela noite, quando todos haviam dormido, chorei.

Ao amanhecer, Podrick nos explicou que seguiríamos em frente, pois restava apenas uma noite para chegarmos à Academia Imperial.

— Kay, Jet, olhem ali. Estão vendo aquela fruta? É uma manga. Conhecem? Amo comê-las, quando estão esverdeadas. Esperem aqui, pegarei algumas para nós. — Saltou da carroça rapidamente numa bela acrobacia.

Mangas são deliciosas.

— Então, por que tantas frutas em seu braço? — Kay perguntou.

— Minha mãe coletava frutas nas florestas próximas a nossa casa, vendíamos numa carrocinha próxima ao centro da cidade. Marquei meu corpo com as favoritas dela: maçã, manga, cereja, laranja, caju, mamão e pêssego — respondeu, passando as pontas dos dedos pelas frutas desenhadas.

Era tarde, a escuridão tomava conta da floresta, em nosso último dia de viagem. Kayla já estava menos irritada, batia em Vennus apenas por diversão. Podrick nos obrigou a acender a fogueira sozinhos, demoramos muito, mas conseguimos. Constatei que todos os outros garotos eram mais velhos que nós, éramos os únicos com doze anos, o restante, deveria ter cerca de quinze, pois haviam fios nascendo em seus rostos.

— O que aconteceu naquele dia, Kay? Como você foi parar no meio daquela roda? —questionei.

— Fui roubar alguns pãezinhos para nós, quando esse maldito Podrick me pegou desprevenida, agarrou-me pelos cabelos e disse que, se eu não quisesse morrer, precisaria lutar. O resto você viu.

— Sinto muito — respondi, cabisbaixo.

— Está tudo bem, estamos juntos irmãozinho. Nada vai nos separar. Juntos, descobriremos porque chove nesse mundo. — Senti seus braços me cobrindo, acalmando meu coração amedrontado.

A terceira noite foi a mais fria de todas. Aconchegamos os três perto da fogueira, e acima de nós, as aves rasgavam os céus. As estrelas brilhavam, piscando os olhos, como se quisessem me saudar. E a lua, sem ela para iluminar nossa noite, a fogueira não seria o suficiente para afugentar o medo.

— Como vocês acham que vai ser, lá? — Cochichou Kayla.

— Melhor do que a minha vida anterior, eu espero — respondeu Vennus.

— Sinto falta da vila — retruquei, com os olhos lacrimejando.

Podrick gritou conosco.

A punição por cochichar era treinar os fundamentos da espada, com o frio congelando nossos ossos. Agarrar firmemente o cabo, tratar a arma como uma extensão de nossa existência. Batemos nossas espadas de madeira, ora defendendo, ora atacando.

Os adultos riam de nós, bebericando cervejas e jogando carteado.

O sonho se repetiu. Senti o vento gentilmente impulsionando meus cabelos negros para trás, saltos, escaladas e quedas. O passado.

Quis ver o mundo, fiz um desejo, o destino pregou-me uma peça sem graça. Agora o mundo estava diante de mim, e ele era frio.

Antes de eu pegar no sono, Podrick aproximou-se de mim, e perguntou:

— Como está a cabeça, garoto? Melhor?

Na manhã seguinte, Vennus nos ensinou sobre as árvores, que, se nos aproximarmos o suficiente delas, ouviríamos histórias. Elas tinham famílias, amigos, desavenças e sentimentos iguais aos nossos. A minha favorita era, sem dúvida, a cerejeira. Troncos afinados com dezenas de galhos que davam vida a lindas pétalas rosadas. Ele me disse que era a árvore do amor e da beleza.

— Vennus, olhe. Uma cerejeira, mas onde estão as flores? — Cutuquei seu ombro algumas vezes, apontando para a árvore em questão.

— O período de floração é curto, dura poucas semanas e acontecem em dias específicos — respondeu, me fitando com os olhos espremidos e um sorriso agradável.

Sorri de volta, pensando no dia em que finalmente uma cerejeira com suas flores rosas e majestosas apareceria diante de meus olhos.

Faltava menos de um dia para alcançarmos Mannheim. Podrick parecia mais irritado que o normal, sufocando xingamentos constantes, reclamando do frio, das colinas íngremes e da estrada mal pavimentada, na verdade, tudo era motivo para resmungar. Durante a manhã, ele nos fez derrubar árvores com machados enferrujados, o que se provou ser uma tarefa quase impossível. À tarde, enchemos diversos baldes com água e trouxemos de volta para o acampamento improvisado. O jantar precário foram algumas batatas malcozidas e sem nenhum tempero.

Uma fogueira alta bruxuleava ao vento, esquentando nossos corpos e nos protegendo da completa escuridão. Os Lobos uivavam, dezenas de grilos crilavam e quase todos os adultos roncavam.

— Psiuuu, ei! — Uma voz tímida e familiar, não consegui identificar exatamente de onde, mas parecia assustadoramente perto.

Revirei para o lado. Kayla com a boca aberta, babava, em um estado profundo de sono. Os pelos do meu braço se eriçaram ao ver que Vennus estava em pé, caminhando em direção à floresta.

— O que você está fazendo aqui? — Vennus surrava. Semicerrando os olhos, pude observar uma silhueta por trás de uma alta árvore de arbustos secos.

— Ainda dá tempo de desistir, venha comigo! — A voz se exaltou, aumentando consideravelmente o tom de voz. Cocei os olhos, garantindo-me que aquilo não era apenas uma visão. O garoto que fugiu na carroça havia retornado. Seus cabelos estavam mais escuros e sujos de terra, os trajes exibiam diversos cortes, como se ele tivesse sobrevivido por pouco de um encontro com um urso.

Vennus olhou para trás de seu ombro, temendo alguém ter acordado. Para minha sorte, fechei os olhos, torcendo para que ele não tivesse os visto brilhando na escuridão da noite.

— Seu idiota, alguém podia ter acordado. — Hesitou, mas continuou de maneira impositiva. — Não há para onde fugir, a Academia é meu destino. Fuja, antes que eu acorde os homens.

Ouvi um suspiro. Seguido dele, houve um silêncio vindouro.

— Você vai acabar morrendo. — A voz do garoto desvaneceu na escuridão, choramingando.

Engoli em seco, torcendo para que Vennus não repare nos meus lábios trêmulos e as gotas de suor que descem de minha testa. O mais difícil dessa situação era não enxergar nada; ele poderia cravar uma espada no meu peito, e eu não saberia. Senti sua presença se aproximando, suas botas encontrando o chão num ritmo lento, cada vez mais alto, cada vez mais perto de mim. Meu coração parou, cedi à curiosidade e abri meus olhos brevemente. Sua figura se erguia, apoiando os braços no joelho, com o semblante lúgubre e os punhos cerrados. Estalou os lábios e começou: — Ele era meu amigo, estávamos juntos nessa, mas ele é fraco demais para os Cavaleiros Negros. Você também é fraco, Jet?

Eu tremia como um cachorro assustado, não sei bem o porquê, mas é como se Vennus tivesse virado outra pessoa, admitido uma nova personalidade, a de um homem assustador e decidido.

— Sim — admiti, ruborizando. — Mas não pretendo ser para sempre, é por isso que não importa o que aconteça, vou me manter firme ao lado de Kayla.

Ele riu, perdendo sua compostura maléfica. O pacato garoto das frutas se tornou aparente.

— Ótimo. Estarei ao lado de vocês também.

43 | A Vingança dos Injustiçados

# CAPÍTULO TRÊS

## É AQUI, ENTÃO, ONDE TUDO COMEÇA

Alcançamos Mannheim pela manhã, a capital do mundo. Era tão grande quanto nos livros de Francisca, mas muito, muito mais suja. Os residentes não eram burgueses em gibões negros, apenas proletariados, tal como na minha vila. Havia mendigos por todos os lados, os mercadores vendiam comidas estragadas e as tabernas estavam empanturradas de bêbados. As casas em Mannheim eram coloridas e pontudas, dotadas de adereços e bandeiras.

Não entendi muito bem o porquê de os residentes nos cumprimentarem com tomates estragados, aparentemente odiavam o exército, tal como Vennus. Cumprimentei alguns dos mais simpáticos com um aceno de mão, e eles me responderam com um amargo sorriso.

Kayla desviava dos tomates e os agarrava no ar, arremessando de volta aos habitantes.

— Pare com isso, garota. Deixe-os protestar! A insatisfação crescente do povo é validada pelas atitudes do Rei Usurpador — disse Podrick, cuspindo tomate podre.

Vennus permanecia em silêncio, observando tudo ao seu redor, ora entusiasmado, ora deprimido. Creio que todos que adentraram Mannheim sentiriam um misto de admiração e tristeza. Em uma grande escala, como vi nos livros, era uma cidade primorosa, envolta em arquiteturas megalomaníacas, riquezas e oportunidades. Mas em pequena escala, ali, com o povo à minha frente, para os verdadeiros habitantes, era só mais uma vila pobre, mais um lugar frio no mundo.

— Você está bem? — Posicionei minha mão no ombro de Vennus, delicadamente, tentando confortá-lo.

— Eles estão sofrendo, consegue ver? No rosto deles, dá para ver. Dor, sangue e sofrimento. — Um tomate voou na sua cara.

Kayla gesticulava com os braços para todos os lados, indignada, gritando:

— Eu sou uma criança de doze anos, vocês estão jogando tomates em uma criança de doze anos!

Atravessamos a entrada de Mannheim e subimos por uma viela larga. As calçadas estavam limpas, pessoas para todos os lados, correndo. As casas, posicionadas marginalmente, eram mais altas, mais coloridas e enfeitadas, poucas estavam quebradas, e os mercadores não vendiam seus itens em carroças, mas sim, em armazéns gigantescos.

Havia todo tipo de loja, muitas eu nem sequer sabia para que serviam. Vi uma forja, um homem peludo e baixinho, segurando em sua mão esquerda uma espada, acertando-lhe pancadas com um martelo. Lembrei-me de Francisca.

— Kay, sei que não falamos sobre isso até agora, mas o que aconteceu com Francisca? Pude ouvir a voz dela antes de desmaiar — sussurrei.

— Ela nos defendeu, fez um escândalo sobre cavaleiros serem monstros disfarçados em uniformes brilhantes. Quando percebeu que não poderia fazer nada para que não nos levassem, ficou histérica. E os guardas a derrubaram um pouco antes de me amarrar. A última coisa que ouvi dela foi...

Sobrevivam.

Agarrei sua mão, os dedos entrelaçados num forte aperto, ambos tremiam. As carroças galopando pelas vielas, cada vez mais largas, cada vez mais edifícios bonitos. Viramos à esquerda, cochilei por um breve instante, e quando meus olhos se abriram, estávamos atravessando os gigantescos muros da Academia Imperial, um arrepio subiu por minha espinha.

— Chegamos, criançada! Enfim, a Academia Imperial de Mannheim— gritou Podrick. — Espero que tenham gostado da viagem, porque eu odiei!

Seguimos Podrick em direção ao átrio externo da Academia. Olhei ao meu redor, as muralhas alcançavam cerca de dez metros de altura, e a espessura de três metros, feitas a partir de pedra maciça, simbolizavam a segurança do exército.

À minha frente, a estrutura principal, uma enorme construção, para ser mais exato, um castelo. Com uma torre central erguendo--se no céu, quase atingindo as nuvens, e mais duas torres análogas, todas tinham a mesma bandeira fixada no topo ondulando no vento, o Sol Negro.

Atrás de mim, um estábulo, com todos os tipos de cavalos, e de todas as cores, todos extremamente saudáveis. À minha direita, uma pequena capela, dedicada a Dyeaus.

— Sejam bem-vindos, recrutas do Sol Negro — gritou um homem, conforme o portão do castelo se abria.

Conhecemos o restante da academia em sua companhia, o Sr. Sol Negro, esse fora nosso apelido para ele. Através do portão, um pátio a céu aberto, lá era onde treinaríamos esgrima e arco. Mais para dentro, as câmaras, ou quartos, levantadas sob paredes de madeira, onde garotos e garotas dormiam juntos, dividindo beliches e fenos no chão.

O Sol Negro nos apresentou o salão principal, pendurados em ordem, pinturas de todos os generais de Mannheim nas paredes, e o teto era tão alto, me causava arrepios. As mesas retangulares se estendiam por todo o salão, comeríamos ali, junto aos nossos oficiais. Observei com curiosidade as espadas longas, capacetes e armaduras penduradas como artefatos raros. Logo à esquerda do salão, ficava a cozinha. A Senhorita Marsha era muito simpática, e nos cumprimentou com o sorriso mais sincero que vi em Mannheim. Muito ao fundo, uma pequena porta de madeira queimada que dava diretamente para a biblioteca da Academia, um feixe de luz amarelado cintilava de lá. Ao nos aproximar ouvi assobios despreocupados.

Por fim, a sala de guerra, onde teríamos aulas teóricas, sobre a arte da guerra. O Sr. Sol Negro não nos mostrou as câmaras onde os oficiais residiam, talvez para não nos deprimir. Havia tochas suspensas em pequenas bases em todos os locais, inteiramente apagadas. À noite, a Academia deveria ser belíssima à luz do fogo.

— A Academia Imperial de Mannheim os transformará em guerreiros, em homens e mulheres — vociferou ele.

— É aqui, então, onde tudo começa — disse Vennus.

— É. Ou onde tudo terminará — respondi, triste.

Kay acertou uma bofetada em minha nuca, sorriu, mostrando-me os dentes amarelados, e retrucou:

— Se nossa vida começa ou termina aqui, faremos juntos, seu bobalhão.

Juntos.

No total, na Academia haviam cerca de quarenta e poucos recrutas.

Os primeiros dias foram intensos, intensamente chatos. Nos colocaram em jaquetas de linho, adornadas com o símbolo do Sol

Negro no peitoral. Não nos deram cotas de malha, ou armaduras, e passamos boa parte dos dias num anfiteatro enorme com a professora Helga, estudando obras importantes para o futuro militar, tais como o Maquiavélico Príncipe, de Jun Tzu e a Arte de Guerrear, de um tal de Nicolau. Muitos de nós nem sequer sabiam ler, então era difícil aprender algo de verdade.

— Quem sabe na semana que vem faremos algo divertido — resmungou Kay, num dia particularmente chato de estudos.

Em um dos dias mais notórios, Helga nos forçou a sentarmos em um círculo no anfiteatro. No centro, ela caminhava de um lado para o outro, com um machado em mãos, nos contando sobre a história sanguinária dos Cavaleiros Negros.

— Envoltos em mistérios, os Cavaleiros caminham pelas terras de Endor, satisfazendo os caprichos dos Reis de Mannheim. Banhados de sangue, suas espadas para sempre estarão. — Ela deixou o machado escorregar de sua mão, deslizando os dedos sutilmente pela arma.

— Isso aqui é uma aula de Poesia? — Vennus sussurrou, arrancando algumas risadas dos alunos.

— Silêncio! Continuando... Onde foi que eu parei mesmo?

— Banhando de sangue, suas espadas para sempre estarão! — gritamos todos, em um coro digno de uma trupe de músicos e vagabundos.

— Certo, certo. Anotem isso em suas cabecinhas subdesenvolvidas: os Cavaleiros não respondem a ninguém além do Rei Godric. Trabalhamos, em suma, longe de Mannheim, ajudando a manter a ordem em cidades vizinhas. Não fazemos parte da Guarnição, nem da Polícia Militar Real.

Uma mão se levantou, um garoto que aparentava ser mais novo que eu, após conferida a devida autorização para falar, disse timidamente:

— Algum soldado da Guarnição pode adentrar a Academia e se tornar um Cavaleiro?

— Não, receio que não seja possível. — Ela respondeu, entusiasmada, com um sorriso que inspirava um teor de elitismo. — Mas Cavaleiros Negros podem se tornar Policiais Reais, até mesmo Generais da Guarnição, caso o Rei ordene.

— Por que recrutar crianças indefesas? — Vennus, como sempre, astuto e provocador, com um sorriso malicioso no rosto, perguntou sem nem sequer levantar a mão.

Ela hesitou, um sorriso maléfico se estabeleceu abaixo de seu nariz adunco, após identificar o responsável pelo questionamento:

— Ótima pergunta, Vennus. Espero que sua espada seja tão afiada quanto essa sua língua diabólica. Pela baixa taxa de voluntários, temos nos tornado mais raros, mas ao mesmo tempo, em um período tão conturbado, somos mais requisitados do que nunca. O Rei assinou há dez anos a "Lei Jovial", que nos confere a honra de recrutar crianças para a nossa causa, treinando-as em extremas condições para a criação dos cavaleiros perfeitos. E é por isso que estão aqui, cada um de vocês foi selecionado por uma razão, por possuir um fogo rebelde no âmago de vocês.

A aula acabou. É estranho pensar que passaremos por um treinamento tão árduo e rigoroso que tem como destino certo a morte. E mesmo assim, muitos não desistem. Eu não desisti. As motivações são muitas: para trazer glória e respeito à sua família, para se tornarem heróis. Eu desejo uma coisa em específico, que o reflexo que meus olhos encontram na água, sejam o de alguém corajoso e determinado, não um covarde.

Nas câmaras, o frio reinava. Estávamos os três enfileirados, em colchões de palha, conversando, quando, abruptamente um brusco berro veio em nossa direção:

— Ei, nojenta. Qual é a sua? Você é algum tipo de aberração da natureza? Como pode acertar todas as perguntas dos instrutores. — Um garoto, de cerca de um metro e setenta, muito mais alto que nós, e muito mais velho, pois em seu rosto crescia uma rala barba escura, e seu nariz triangular apontava para baixo.

— Ele tá ferrado. — Cochichou Vennus.

— E vocês dois aí, anõezinhos, deixem de cochichos. — Continuou o narigudo. Atrás dele, dois garotos um pouco mais baixos, ambos de cabelos longos e lisos, não narigudos e com uma expressão desprezível de arrogância.

— Se não quiserem ver no que sou boa de verdade, sugiro que sumam da minha frente — retrucou Kay, com uma voz de sono, mas os olhos brilhavam na escuridão, bem abertos e atentos.

— E no que você é boa? Deve ser em chupar seu dedo... — Antes do narigudo continuar sua esquisita ofensa, ele estava no chão. Os outros dois avançaram em direção a Kay. E o dormitório inteiro, como suricatos, levantaram a cabeça para observar.

— Ela é incrível — disse Vennus, batendo palmas, ainda coberto e repouso.

Visitei a biblioteca num dia chuvoso, após uma péssima exibição nas aulas de arco e flecha, enquanto Kay e Vennus brincavam com bolinhas de gude com outras crianças. Girei a maçaneta delicadamente, apesar de não estar fazendo nada de errado, agi como se estivesse, e não sei muito bem o motivo. Acima da porta, jazia um pequeno sininho metálico, amarrado por um cordão de linho, num mecanismo que funcionava da seguinte forma: se alguém tentasse entrar escondido, falharia.

*Plim. Plim. Plim.*

Que droga.

— Sentiria o cheiro de um recruta há cem metros. — Uma voz grosseira e ameaçadora surgiu por entre as prateleiras dos livros.

— Desculpe-me. Não desejo lhe importunar, já estou de saída. — Caminhei para trás, com meu rosto enrubescido.

— Não está curioso para saber? — retrucou a voz.

— Saber o quê? — A porta quase se fechava, mas interrompi meu movimento, olhando para os lados através da pequena fresta, em busca da origem da voz.

— Os recrutas, em suma, estão mais interessados em espadas, escudos e uniformes. Então, um deles subitamente adentra minha biblioteca, sem dúvida, está em busca de saber algo. O que você busca, garotinho? — A voz surgiu por entre as fileiras de prateleiras, com um livro gigantesco em mãos, fechou-o num único movimento e levantou a cabeça em minha direção. Olhos castanhos e profundos, uma barba longa e desarrumada que descia até seu peitoral, a típica aparência de um erudito. Abriu a porta rapidamente e me cumprimentou com um sorriso e um aperto de mão.

Caminhamos pela Biblioteca, até chegarmos a sua mesa de estudos. Ele me contou seu nome, Albertus, apesar de me explicar que esse não era o nome que sua mãe lhe deu. O sábio me contou também que, na sociedade, ou até mesmo em nossas vidas, é importante termos um ancião, alguém que possamos buscar conhecimento e experiência. Ele era essa pessoa na Academia, no entanto, com o passar dos anos, menos e menos oficiais se interessavam pelas suas advertências e opiniões. Os militares do alto escalão ordenaram que o sábio se aposentasse, desempenhando uma única função: retirar o pó dos livros e das prateleiras na biblioteca da Academia de Recrutas. Não aparentava ter nenhum rancor em seu coração por desempenhar tal função, pelo contrário, sorria conforme limpava os livros, utilizando uma pequena vassoura de mão.

— Você sabe ler, pequeno Jet? — Ele me perguntou, enquanto folheava um pequeno livro.

— Não — sussurrei, cabisbaixo e envergonhado.

Albertus deu uma discreta risada, meneando a cabeça em minha direção e agachando-se com dificuldade para sentar-se em sua poltrona. Nos braços do assento, duas corujas esculpidas em madeira, com olhos bem abertos, como sentinelas. Posicionou suas mãos acima delas e começou:

— Não posso lhe ensinar muito sobre a arte da esgrima ou do arco, os meus anos de combatente já se passaram, apesar de ter sido um dos melhores em meu tempo. O que posso lhe oferecer, pequeno Jet, é todo o conhecimento do mundo, a história dos povos, a geografia de nossas montanhas, a habilidade de enxergar o futuro, em nosso passado. Se isso lhe interessar.

Passava algumas horas do meu dia com Albertus, aprendendo caligrafia. Aos poucos, consegui escrever algumas palavras, mas tinha um longo caminho para percorrer, caso quisesse me alfabetizar.

— Esse velho é esquisito, Jet. — Meus dois melhores amigos disseram ao mesmo tempo, enquanto eu os explicava empolgadamente o que fazia no meu tempo livre.

Dormimos vigilantes, com medo do grandalhão narigudo nos atacar. Na manhã seguinte, a professora Helga subiu num cavalo e desapareceu, outro homem tomou seu lugar. O novo professor mais se assemelhava a um urso do que a uma pessoa, peludo e com músculos em locais que nem sabia que existia. Ele nos acordou com gritos ferozes e pontapés, encaminhando todos os recrutas para o pátio. Chovia, respingos caíam sobre meu cabelo, fazendo com que eu não enxergasse muito bem com tantos fios no meu rosto. O Professor Urso nos fez praticar com lanças e escudos. Os pés lamacentos e descalços, roupas pesadas, mobilidade reduzida e visão turva. Nos jogávamos uns aos outros. Tive de parar constantemente para recuperar o fôlego.

— Viu só? Isso é divertido! — Kayla disse, com a cara coberta em lama, parecendo um monstro.

Vennus e eu, infelizmente, demos risada das palhaçadas dela, o que resultou em dezenas de chicotadas nas nossas costas. Quando o Urso observou as lágrimas escorrendo de nossos olhos, nos chicoteou ainda mais.

Após o sol se pôr, caminhei alegremente até a biblioteca. Valorizo muito mais a companhia de Albertus do que as espadas, arcos e lanças. Caminhávamos pelas estantes altas, nas quais ele me apresentava categoricamente onde posiciona cada livro, baseado em gêneros literários. Ele os limpava diariamente, assegurando que nenhum inseto comeria as páginas dos livros, e que nenhum aluno furtivo, pegaria um sem a devida autorização.

— Vejo que estou lhe entediando um pouco, algum tema em específico lhe interessa? — perguntou ele, com a voz terna e calma, apoiando-se num livro com o título: "Sobre as mentiras de Plato".

— Não estou entediado, na verdade, há algo que quero lhe perguntar faz um tempo. Vejo a forma que se movimenta, aparenta ser fraco e inofensivo, mas já o vi carregar livros tão extensos e pesados que eu nem sequer consigo levantar sem meus músculos retesarem de tanta dor.

— Há sabedoria em suas observações, astuto é o homem que esconde sua verdadeira força por trás da fraqueza, Jet. Mas sou apenas um velho, amargurado e cansado. Às vezes, acordo e sinto-me tão disposto que seria capaz de montar um alazão e viajar até Edênia apenas por um gole de licor de frutas. Outros dias, mal consigo levantar-me da cama.

— Você viveu muitas aventuras quando era mais novo? — perguntei, com genuína curiosidade. Imaginei Albertus mais novo, rodopiando lanças, ordenando cavaleiros, salvando vidas; suponho que seria um professor perfeito: sábio e forte.

— Algumas... Mas receio que todas as histórias que começam com Cavaleiros Negros terminam em um banho de sangue desnecessário e cidadãos furiosos.

Albertus do Sol Negro. Filho de fazendeiros. Voluntariou-se aos dezesseis anos sob a promessa de que seus pais nunca mais precisariam sofrer sob o sol árduo de uma plantação amaldiçoada. Saiu da Academia Imperial aos dezenove anos, direto para os frontes de um conflito sanguinário, A Guerra por Mannheim. O Reino estava sob uma aterrorizante ameaça, o tirano Esgar, cujo nome fazia o mais corajoso dos homens estremecer, pretendia tomar as muralhas de Mannheim e se tornar o governante da maior capital de Endor. O jovem recruta, empolgado para o combate, foi escalado para as linhas de frente, onde comandaria trinta homens. A situação não era nada positiva para o Exército de Mannheim, por isso o Rei ordenou que seus homens expulsassem os civis e formassem um cerco ao redor dos portões mais vulneráveis. Em seu primeiro dia de combate, cumpriu primorosamente suas ordens, com o Sol iluminando o aço de sua lâmina, assassinou dezenas dos Assários de Esgar que tentavam atravessar as ruas do Terço Inferior. E com a Lua reluzindo em seu rosto, derrubou lágrimas ao perceber uma triste verdade: um herói nada mais é do que um assassino glorificado.

Tornou-se um herói de guerra, um lendário lanceiro que defendia os pobres e os ricos. Em doze dias de combate, nenhum inimigo atravessou seu território. Os corpos se aglomeravam ao redor do portão, as moscas pairavam, e os vermes se deliciavam com o sabor da carne humana. E por tamanha eficiência, ele recebeu medalhas e um abraço do antigo Rei de Mannheim.

Tornou-se um general estrategista, o mais novo da história, conhecido por seus planos infalíveis e criativos, invejado pelos estabelecidos generais mais experientes e grisalhos. O campo de batalha se tornou uma distante lembrança, e as reuniões encharcadas de vinhos, mulheres e cordeiro se tornaram sua nova realidade. Enquanto os soldados abriam mão de suas vidas para proteger o reino, ele se sentava numa poltrona confortável, larga e estofada.

A cada ano ele se tornava mais ousado, questionando seus superiores e até mesmo o próprio Rei.

— Você é um velho tolo. — Ele praguejou, sua língua acertou o ego do monarca, como um chicote. — Quando sua barba já branca e densa, deixava claro sua idade superior, alçou novos ares, longe da política e da corrupção. Requisitou ao Rei que pudesse abandonar seus ofícios e comprar uma biblioteca em uma província não muito longe da capital, para passar o restante de seus dias em paz, ao lado de seus amados livros. Indignado com a insolência de Albertus e já cansado de suas transgressões, o Rei entregou sua casa a um duque e ordenou que o antigo herói vivesse o restante de sua vida na pequena Biblioteca da Academia Imperial.

— E sua família? — Suspirei, arrependido, temendo sua resposta. Talvez eu tenha ido longe demais.

— Mortos. — Sua voz ribombou por toda a Biblioteca, seus olhos caídos e melancólicos encontraram os meus, e senti a dor de alguém que havia perdido tudo que amava há muito tempo.

...

Sonhei com vermes devorando o meu corpo. Acima de mim, os corvos vibravam, esperando pela sua vez de se deliciar com minha carne.

No dia seguinte, quando já era noite, os recrutas se aglomeraram nas mesas à direita; os oficiais e professores, nas mesas à esquerda.

Sentamos próximos a uma garota loira, que comia ostensivamente a sopa de cebola com queijo velho.

— ISSO TÁ DELICIOSO! — gritou ela, que parecia ter a nossa idade.

— Preferia frutas — resmungou Vennus.

— Ei, você, garota forte, qual o seu nome? — A gulosa apontou o dedo para Kay.

— Kayla.

— Kayla, filha de quem? — perguntou ela, com uma expressão engraçada.

— De ninguém, não conheço meus pais. Pelo que sei, morreram de varíola depois de eu nascer.

— Ah... eu também sou órfã, Chamo-me Carthen. — Ela estendeu a mão em direção a Kay.

Cumprimentaram as mãos e trocaram sorrisos.

— E esses dois abobados, são amigos seus?

— Sim, o de cabelos negros é como um irmão para mim. Seu nome é Jet, conhecido também como cabeça de ferro. E o outro é um imbecil aleatório, nem sequer sei seu nome — respondeu, com o típico sorriso de canto de boca, malicioso.

— Pois bem, meu nome é Vennus, mas meus amigos me chamam de Vê — retrucou, com o dedo para cima, fazendo uma breve observação.

— O-o-oi. — Gaguejei timidamente, enrubescendo diante dela. A beleza de Carthen me intimidava, com seus cabelos loiros e levemente ondulados, o rosto contorcido em um lindíssimo sorriso, as pequenas sardinhas e pintas se destacavam também, e a boca carnuda e vermelha. Era a garota mais linda que já vi.

— Mandou bem — disseram os meus amigos respectivamente.

— Bom, oi. Garoto estranho e avermelhado. — Virou-se para o lado, cochichando com outras crianças à sua direita, então voltou a nós, com um sorriso maior ainda. Esses abobados aqui são meus amigos. Esse é Jun, e essa é Pola.

Pola era ruiva como Kay, porém seus cabelos eram mais curtos e ondulados, deveria ser um pouco mais velha. Seu nariz era delicado e seus olhos inspiravam calma e confiança. Em seu pescoço, portava um colar com um anel de prata.

— Oi, pessoal! — disse Pola, sua voz era doce e feminina.

Jun era alto, me lembrava uma porta gigantesca, com os músculos quase saltando da jaqueta. Desfrutava de um queixo definido e belos olhos castanhos. Um verdadeiro galã. Acenou brevemente para nós, com a boca cheia de sopa e rindo das minhas bochechas avermelhadas:

— Vamos ser amigos! — gritou Jun.

À noite, nenhum narigudo nos incomodou. Nos sentamos em uma roda no extremo sul da enorme câmara, onde havia pequenos buracos, apenas grandes o suficiente para enxergarmos o lado de fora. Conversávamos conforme revezávamos em quem iria observar o mundo afora.

Era minha vez, mas na calada da noite, não pude ver muito, além de alguns cervos correndo e uma floresta com o que pareciam ser cerejeiras, com as flores começando a nascer.

— De onde você é, Carthen? — perguntou Vennus.

— De Mannheim. E você?

— Da mesma vila de Jet e Kay.

— E seus pais? — Pola se intrometeu.

— Só mãe. E ela está morta. Não sei o que é pior sinceramente, a dor de ter a conhecido e a ver morrer, ou a dor de vocês, de nunca sequer terem conhecido.

Kay estendeu a mão, apalpando o ombro de Vennus.

— Eu sou o único com pais vivos aqui, ou é impressão minha? Estamos na convenção dos órfãos? Calem a boca e vão dormir, miúdos insuportáveis — gritou o narigudo que nos odiava, do outro lado do cômodo.

Rimos bastante e logo em seguida, dormimos.

Kayla estava lutando para ser otimista. Sempre sorrindo, sempre curiosa pelo próximo treinamento. Ela sempre se sobressaía sobre todos, em tudo, seja nos estudos teóricos, seja nas aulas de espada e arco. Ela era a melhor de todos nós, a melhor recruta que já pisou na Academia, tenho certeza absoluta disso.

À tarde, após aulas teóricas sobre formações defensivas e ofensivas, abandonei meus amigos para encontrar Albertus. Ele tentou me ensinar sobre verbos, vogais, consoantes, mas falhei em compreender o que realmente significava cada um deles. Frustrei-me, formando um biquinho em meus lábios.

— Pequeno Jet, — Ele começou, com as mãos alisando a barba. — Antes mesmo de um fracasso absoluto, suas mãos tremem e você se chateia. Está tudo bem não entender algo, amanhã tentaremos novamente.

— Eu quero melhorar agora! Não quero esperar. — Devo ter soado como uma criança mimada desesperado pela coxa de um frango.

— Tenha paciência.

No dia seguinte, dirigimo-nos ao pátio aberto. O sol forte queimava minha pele, e o vento uivava, fazendo as bandeiras balançarem.

— Sem a lama e o peso da água os deixando lento, vocês lutarão. Não se segurem, machuquem-se, não parem até o oponente se render e soltar a espada. Não há misericórdia em um combate de espadas, é matar ou morrer — gritou um soldado.

O instrutor escolheu aleatoriamente as pessoas e nos colocou de frente um para o outro com espadas de verdade, aço genuíno. Ordenou que memorizássemos nossa dupla, e depois disso, nos posicionou em um círculo com folga o suficiente para um embate. Para o meu azar, me colocou contra o narigudo. Kay fora contra uma garota careca, e Vennus iria lutar contra Jun.

— É uma luta pela vida ou morte. — Repetiu o professor, como um urso raivoso. Vennus e Jun, vocês são os primeiros.

Carthen, ao meu lado, cochichou no meu ouvido:

— Respira fundo.

Assenti, como se realmente acreditasse que respirar fundo ia me servir de algo.

Vennus caminhou para frente, posicionando-se dentro do círculo. Mudou completamente o semblante, não era mais aquele garoto dócil e engraçado que eu tinha o prazer de chamar de amigo. Lembrei-me do dia que ele quase me matou, por algum motivo.

— Tá preparado, bonitão? — perguntou Vennus.

Jun arremessou seu corpo para frente, com a espada em sua mão direita. Era uma finta, pois rodopiou para o lado esquerdo logo em seguida, buscando golpear o peito de Vennus, que deferiu o golpe com sua espada. O som do aço tocando aço. As armas se encontraram mais algumas vezes. Com dificuldade em acompanhar o ritmo, Vê resfolegava, até que os músculos de sua perna foram lacerados por um golpe feroz. A espada caiu de sua mão, o que contabilizava como uma derrota instantânea.

— Por Dyeaus, me perdoe, Vê. — Jun caiu para trás, sentando na lama, com as mãos no rosto, em desespero absoluto por ter machucado um colega.

Vennus foi levado para a enfermaria do castelo, gritando de dor. Os pelos de meu braço se eriçaram, o medo tomou conta de meu âmago, meus braços tremiam, é como se eu temesse o combate. Depois de minhas últimas derrotas, não me sentia confiante para lutar, o ar fugiu de meu pulmão, tentei recuperá-lo, mas falhei.

— Próximo! Harrem e Gon. — Rosnou o soldado.

Harrem. Não era nenhum conhecido meu, mas o horror invadiu meu coração, ao ver a vida quase se esvaziar de seu corpo, com uma espada perfurada no peito por outro recruta. Por sorte, o levaram a tempo para a enfermaria.

— Próximo! Pola e Iuri.

Pola segurou firmemente o anel em seu pescoço com uma mão, sussurrou algumas palavras para si e empunhou sua espada. Fora decisiva em seu ataque, buscando golpear diretamente o braço de seu oponente. O aço dela se chocou contra o aço em riste do defensor. Projetou a espada para baixo, buscando um ataque no rebordo do oponente, mas escorregou com o peso da espada, desabando ao chão desastrosamente.

O anel preso a um cordão havia voado de seu pescoço, caindo perto de mim. Abaixei-me para pegá-lo. Pola largou sua espada e veio rastejando até mim, suja de terra e com os olhos lacrimejantes. Atrás dela, um garoto de olhos frios levantava a espada, pronto para cravá-la nas costas de Pola.

— É o suficiente. Ela já soltou a espada. — Proferiu o Professor Urso, calmamente.

O menino não ouviu o instrutor, e desceu o aço em uma arremetida fulminante. Encontrou um gume, era a espada de Kay.

Aparando o golpe, e logo em seguida, acertando-lhe com o cabo da espada, fazendo com que o garoto desabasse.

— Kay, você interrompeu um duelo justo. Está tão ávida assim por uma luta? Prove-me que é boa de verdade, lute contra dois. — Rosnou o odioso professor.

— Você consegue, Kay! — gritei.

O garoto de olhos frios levantou-se, com o nariz ensanguentado. O outro garoto era um pouco mais alto que Kay, o que significava que ele era muito mais alto que eu. Acariciou as madeixas de seu cabelo castanho e pulou em direção a sua oponente.

Saltitando, desviando e com o ímpeto de uma gata ágil, Kay derrubou as espadas de seus oponentes, espetando suavemente as mãos dos garotos, sem nem sequer os ferir.

— Ótimo. Temos uma pródiga na Academia — resmungou o soldado ironicamente.

Vendo Kayla se movimentar, lembrei-me de uma história que Albertus me contou, sobre o maior Cavaleiro Negro que já existiu, seu pupilo e amigo, um exímio espadachim, capaz de derrubar dezenas de homens sem derrubar nenhuma gota de suor. Um combatente tão formidável que seu nome inspirava medo nas vielas escuras do Submundo de Mannheim. Yondu era seu nome. Mas assim como todos os Cavaleiros que realmente lutavam pela justiça e a honra, terminou sua vida em uma nota desagradável. Escondido em uma caverna, fugindo da ira do Rei. — A bondade é como uma maldição para nós — resmungava Albertus.

Kayla era a melhor que eu já vi. Dava cabo em recrutas usando apenas os punhos, dava trabalho até mesmo para os adultos, e se lutasse armada, poderia liquidar uma boa parte dos professores.

Yondu seria um oponente interessante para ela, digno de sua atenção e habilidade. O resultado dessa luta, nem minha imaginação pode prever.

As lutas seguiram, sangue fora derramado, dedos decepados, mas nenhum morto. Muitos recrutas formaram laços com seus companheiros, portanto evitavam ao máximo matar.

— Carthen e Rondor! — gritou o cão enraivecido.

Temi por sua vida, cruzei meus dedos para que ninguém morresse, especialmente ela. Minha melhor amiga era plenamente capaz de se proteger de duas crianças estúpidas, já Carthen, eu não tinha tanta certeza.

— Tá com medo? — vociferou ela, com a arma perfeitamente alinhada ao centro de seu corpo.

Saltou por cima de uma guinada do rapaz, desviando-se graciosamente de um ataque que com certeza lhe custaria suas pernas. Eles passaram alguns segundos se examinando, indo de um lado para o outro. Rondor, enfim, mergulhou. Segurando sua espada com uma mão, mirou no peitoral de minha amiga. Os olhos dela sibilaram, encontrou uma abertura para contra-atacar, desviou o golpe com o gume de sua arma, e com o ímpeto de um javali furioso, acertou em cheio a mandíbula do coitado com uma cotovelada. Ele recuou, pensei que fosse desistir ali mesmo, pelo contrário, seu corpo se empertigou, nem parecia sentir dor, e ele saltou ferozmente. Carthen estalou seu pescoço, franziu o cenho e respirou, se preparando para a guinada de Rondor.

Um empate. Ambos se espetaram com um golpe lateral, atingindo as costelas, as espadas caíram simultaneamente. Com langor, ela suspirou, sabendo que poderia ter vencido o embate se tivesse um arco em mãos.

— E agora, os meus favoritos. — Gargalhou o urso. — Jet, vulgo cabeça de Ferro e Drago, o narigudo chato.

Senti o sangue viajando até minha cabeça. Me faltou ar, novamente. Tentei recuperá-lo, e falhei. A espada tremulava em minhas mãos, subitamente ela parecia mais pesada. Meus pés caminharam sozinho à frente, o narigudo não conseguia parar de rir de minha situação.

— Jet, você consegue! Eu sei que consegue! — Kay gritava. Sua voz me soava abafada, como se meu cérebro estivesse sendo comprimido, devido a um mal funcionamento.

Respirei profundamente, e logo que a visão retornou, esclarecendo os meus arredores, pude ver a espada do narigudo, em direção ao meu pescoço. Senti o cabo amadeirado firme em minhas mãos, arremessei o gume rapidamente para o lado, para me proteger do ataque. Consegui desviá-la, fazendo com que a espada do narigudo raspasse no chão, levantando grama e terra rumo ao rosto do instrutor.

Senti-me levemente mais confiante. Então, ousei caminhar para frente, levantei a espada um pouco acima de meu ombro e a desci em direção ao peito do narigudo. E se eu errar? O que virá em seguida? A morte.

Meu corpo paralisou. O ar que antes percorria por todo meu pulmão, me dando força, sumiu. Voltei a tremer-me como um covarde, e a espada deslizou de minha mão, tocando o chão, reproduzindo o som metálico do fracasso.

O narigudo também se mantinha estático, talvez tivesse enxergado a morte em meus olhos, não sei.

— Muito bem, isso foi... deprimente. Aos vencedores, parabéns! Comerão hoje à noite, diferente dos perdedores. Estão dispensados por ora, façam o que quiserem, caminhem pelo castelo à vontade, brinquem, não me interessa — gritou o Urso.

67 | A Vingança dos Injustiçados

# CAPÍTULO QUATRO

# A FLORESTA DOS DESPREZADOS

oze recrutas desistiram naquele dia. No salão principal, Kay, Jun e Cathern dividiram a sopa com o restante de nós. Vennus havia retornado, mas estava completamente inexpressivo e com uma atadura gigantesca na perna. Nas câmaras, um silêncio assustador.

— Pessoal. Não sei o que aconteceu comigo. Rastejei-me como um animal, e se não fosse por você, Kay, teria morrido. — Com a voz trêmula, disse Pola.

— Por que arriscou sua vida por um colar? — questionou Jun.

— Foi um presente de meu namorado, ele me deu dias antes de adentrar a Academia Imperial, nunca mais o vi. Eu ouvi dizer que foi realocado para Mannheim, e o único jeito de uma garota pobre como eu vir até aqui, era sendo recrutada por um olheiro. — Dos olhos avermelhados, desciam lágrimas. — Então, aqui estou. Minha alma se agarra a ideia de ele estar vivo, mas nesse mundo, tão cruel e inóspito, é a esperança de um tolo viver um amor.

Vennus se levantou e mancou para fora do quarto, soluçando, chutou a porta com sua perna machucada, e saiu.

— E você, Jet? Que diabos foi aquilo? — questionou Jun, com o dedo apontado diretamente para meu rosto.

— Deixe-o em paz — vociferou Carthen. Todos se viraram para ela, e suas bochechas ruborizaram. Engasgou em algumas palavras e continuou, como se tentasse desviar a atenção de volta para mim: — É! Jet, que diabos foi aquilo?

Kayla riu, me olhando de soslaio, arqueando as sobrancelhas de uma forma cômica em direção a Carthen.

— Eu não sei, às vezes, eu só travo... — respondi, cabisbaixo.

Nós cinco nos abraçamos, apesar de todo o mal do mundo, dispunha de amigos para me confortar, proteger e amar. Devia me agarrar a isso.

— Conheci Kay quando criança, no máximo oito anos, órfãos, vagando em busca de comida pelas ruas da vila. A senhora Francisca, uma forjadora, nos ajudou muito, mas não havia espaço o suficiente em sua casa para nós, não sei onde estão nossos pais. Agarro-me aos que estão próximos de mim, mas nunca deixo de pensar se eles estão em algum lugar por aí, talvez com um filho melhor do que eu. Todos somos tolos de uma forma ou de outra. — Não sei como consegui chegar até o fim da frase sem desabar em lágrimas, mas balbuciei um pouco.

Juntos. Ouvi a voz de Kay ressoar em meus ouvidos.

— Há dois anos… Bem, meus pais não morreram, eles me jogaram nessa Academia depois que fui pega roubando o arco dourado de um vizinho. Uma desgraça para a família. Fui excomungada. — Expôs Carthen.

Em silêncio, simpatizamos com sua história. Então, eu e Kay, caminhamos para fora, em busca de Vennus. Sugerimos que fôssemos sozinhos, caso entrássemos em problemas, seríamos só os três, não o bando todo.

A noite era escura e fria, o vento uivava como um lobo solitário pelas pequenas brechas das paredes do castelo.

Encontramos Vennus no pátio aberto, treinando esgrima com uma espada de madeira, dilacerando um dos bonecos de treinamento com golpes precisos.

— Deixem-me em paz. Preciso ser melhor, preciso ser forte. Preciso ser melhor — gritava ele, apontando a espada em direção a nós.

— Por quê? — rebati.

Abaixou a espada e meneou a cabeça, seu choro ecoou pelo pátio. A lua sibilava na escuridão, e o céu maculado de estrelas que formavam uma espiral pelos céus. Resoluto, acenei com a cabeça para Kay, e caminhamos em direção a Vennus.

— Pela minha mãe — falou baixinho, estalando os lábios.

...

Seis meses se passaram. Tivemos mais professores e uma maior variedade de aulas, no entanto nosso orientador principal continua sendo o Professor Faldo, apelidado carinhosamente por nós há muito tempo de "o Urso". Nosso cronograma diário era o seguinte: nas manhãs, aulas sobre formações defensivas e ofensivas, gestos de mãos estratégicos e seus significados com a Professora Suki. Alguns recrutas trabalhavam na cozinha, entre eles, Pola e Vennus. Outros faziam a limpeza e manutenção da Academia, correndo por todos os lados, com baldes, esfregões e vassouras. Carthen, Jun e Kay tiveram o azar de ficarem responsáveis por esfregar o salão onde comíamos. Já eu, era responsável pela Biblioteca, e segundo meus professores, uma das minhas tarefas principais era cuidar do idoso com demência que sempre estava por lá, e irritei-me ao ver como tratavam Albertus.

— Por que você deixa eles o tratarem assim? — Numa discussão calorosa, o questionei, incrédulo com o quão tranquilo ele ficava por ser maltratado diariamente.

— Um dia você vai perceber o que é força de verdade, e nem sempre ela significa lutar.

Aquelas palavras me marcaram, pensei nelas enquanto esfregava as paredes da Academia com um pano velho e um sabão tão duro que, se caísse na cabeça de alguém, ele dormiria por umas boas horas. De volta aos alojamentos, eu e Kayla embarcamos num assunto que eu temia, a saúde de Vennus.

— Ele foge de madrugada todos os dias — sussurrou Kay em meu ouvido. — Eu o vi treinando no pátio. Observe as olheiras, sequer dormiu essa noite.

Olhei de soslaio e constatei que Kay gozava de absoluta razão.

Não houve uma noite em que Vennus dormiu por mais de quatro horas. Pude ver a mudança em seu corpo nesse pouco tempo, os músculos empertigaram, as mãos calejadas e os reflexos se apuraram dia após dia. Já não era um dos piores da turma, como eu.

— Acordem! — gritou o Urso, com as mãos cerradas. Os cochichos dos recrutas o irritaram, então rosnou: — Deixem de conversa, seus miseráveis. Como sabem, se tornar um Soldado Imperial não é moleza, não, só os melhores são escolhidos.

Vennus interrompeu o discurso e rebateu baixinho com um sorriso no rosto:

— Os melhores, os mais idiotas e os mais bêbados, só se for.

— Deixem de conversinhas! — Rosnou novamente. — Hoje, despejamos alguns de vocês para fora, após o treino, na Floresta dos Desprezados.

— Ótimo, mais uma competição que desafia as aulas de ética que tivemos — comentou Carthen.

Jun riu histericamente, fazendo com que os olhos do Urso se esbugalhassem em direção a ele. Abaixou a cabeça brevemente, envergonhado, e pediu desculpa.

— Que droga. — Mordendo os lábios, pronunciou em seguida, apenas para nós.

Nesses últimos seis meses havia me aproximado muito de Albertus, considerava-o um mentor, um avô. Kay gostava dele, pois lhe oferecia ótimos conselhos sobre esgrima. Já Vennus, o amava, passavam horas conversando sobre árvores, flores e frutas. Contei a Albertus sobre as mãos trêmulas e a visão turva que me acometiam em situações cruciais. O sábio me confessou que poderia ser uma forma mais profunda de hesitação ou algo que ele chamava de ansiedade, uma sensação debilitante. Uma das coisas mais legais é que finalmente aprendi a ler e escrever, até mesmo lemos alguns livros juntos, e comentamos os desfechos com análises rápidas sobre os destinos dos personagens. Comecei a entender o que ele me disse aquele dia, sobre enxergar o futuro através do passado. O conhecimento dos erros que cometemos nos tempos que já foram, muitas vezes, servem como avisos, presságios do que pode acontecer, caso cometamos o mesmo deslize.

Ele me prometeu que em breve ensinaria uma forma de acalmar minha hesitação debilitante. Eu não aguentava mais esperar por esse dia.

Tivemos uma estranha aula no armazém de armas da Academia. Não sei se cheguei a comentar, mas o armazém era um lugar superinútil, onde, diferentemente do esperado, não se armazenava nada lá. O teto era alto e as lamparinas sequer acendiam. Longos corredores davam em lugar nenhum, e havia tantos caixotes vazios, que as únicas criaturas a se divertirem ali eram os ratinhos. Não pareço muito empolgado para falar de lá, eu sei, mas é realmente um espaço inútil cheio de quinquilharias aleatórias e corredores assustadores. Certa vez, enquanto brincávamos de bolinha de gude, Pola mencionou que encontrou uma roupa de bobo da corte lá uma vez.

— O que você fazia lá? — perguntei, realmente curioso. Tantos locais legais para se explorar e conhecer, e ela foi logo para o local mais empoeirado e sem graça.

— Não é da sua conta, Cabeça de Ferro.

— Foi beijar alguém, com certeza. — Jun comentou, e ela ruborizou, talvez confirmando a suposição.

Retomando ao assunto principal, obstinados, nos arrastamos com imensa preguiça até o armazém. O Urso parecia bem empolgado, virou à esquerda, depois à direita, encontrou uma placa suspensa acima da entrada do cômodo. Estava difícil discernir as palavras descritas ali, a escuridão e o pó não ajudavam em nada. Sua voz ecoou, enquanto retirava um lençol de no mínimo três metros de uma quinquilharia gigantesca que não reconheci. — Eis aqui! — Quando o lençol caiu por completo, ele parou, esperando palmas e suspiros, eu suponho.

— Vocês são selvagens. Isso aqui é uma catapulta! Sabem o que é uma catapulta? — Ele rosnava, seus olhos raivosos pareciam dizer: eu vou esfolar a pele de vocês.

— Um único tiro e isso se desfaz, quer apostar quanto? — Kayla sussurrou para nós.

— Catapultas são mecanismos usados especialmente em cercos, para derrubar muralhas e fossos a uma grande distância. Atiram-se pedras flamejantes, é uma verdadeira arma de guerra!

— E aquilo ali, é o quê? — perguntei, apontando para outro mecanismo, tão surrado e velho quanto a catapulta, mas bem mais interessante.

— Uma balista! Não gosto delas, vamos continuar a falar sobre catapultas! Ah, como eu amo catapultas! — Ele era engraçado às vezes, não há como negar.

...

— Deixem de enrolação, vamos! — gritou o Urso, com um azorrague em mãos.

Corremos para fora das muralhas. A última vez que a vimos de fora, foi quando chegamos. Eu não estava me dedicando cem por cento aos treinos, sentia uma barreira ao redor de minhas habilidades, a tal hesitação, travando-me de utilizar o que aprendi.

Lá fora, uma floresta, com dezenas de pinheiros, cerejeiras e jatobás. Vennus ficaria orgulhoso ao perceber que agora sou capaz de identificar diferentes árvores. Veados corriam pela grama, erguendo as triangulares cabeças em nossa direção, arqueando-as levemente para a esquerda, como uma criança curiosa.

— Não se enganem pela beleza dessa floresta, ela tem esse nome por uma razão. Lá dentro, as coisas são mais nebulosas, há diversos frutos venenosos, aranhas gigantes e seres mágicos. Se divertirão bastante, sem a menor dúvida. Sobrevivam, estreitem seus laços, protejam-se, esquentem o corpo um dos outros. Pouco me interessa.

Um caixote gigantesco à direita do instrutor, enfiou a mão bruscamente no seu interior e arremessou trouxas, feitas de linho, com suprimentos alimentícios capazes de nos sustentar por alguns dias. Junto delas, cinco cestos vazios, trançados com junco e vime, para carregar mais suprimentos.

— É um teste de sobrevivência. A prova durará sete dias. Voltem para esse exato local, no sétimo dia. — Pigarreou e cuspiu um catarrão. — Saberão quantos dias se passaram através das flechas ateadas em chamas que atiraremos aos céus, no final de cada dia, uma flecha. Sete flechas incineradas, sete dias.

Entregou a todos nós bainhas, e então, espada afiadas; a quem pedisse, ele entregou arcos. Em nosso grupo, composto por Jun, Vennus, eu, Carthen, Pola e Kay, apenas Carthen optou pelo arco e flechas.

Outros soldados vieram com elmos, peitoral, cotas de malha, joelheiras, manoplas, coxotes e grevas.

Nosso grupo optou por se armar apenas com cotas de malha, peitoral, joelheiras e manoplas. Queríamos minimizar o barulho metálico, para sermos mais furtivos e, quem sabe, no processo, evitar que um raio caísse em nossa cabeça em uma das tempestades que poderiam acontecer nesses sete dias.

Ao anoitecer todos os grupos adentraram a floresta. Eram seis grupos no total, com números diferentes de pessoas. Não consegui contar todos, mas fiquei de olho no grupo do narigudo: sete pessoas no total, todos brutamontes mal-encarados, e cinco deles pegaram arcos.

Os galhos estalavam ao atingir o chão, esvoaçados pelo vento forte. Estava atento, observando tudo ao meu redor, à espreita de uma ameaça, pronto para o que aparecesse diante de mim.

Caminhando juntos, adentrando a fundo na Floresta dos Desprezados, em completo silêncio. Achegando-se uns aos outros, confiando que tínhamos as costas protegidas pelos nossos companheiros. Assustadores estrépitos vieram com a madrugada. A floresta parecia falar conosco, apinhada de pequenas frutinhas azuladas, ela parecia nos oferecer comida.

Carthen virou-se para mim, tossiu brevemente e sussurrou:

— O que será que aconteceria se comêssemos uma dessas? Parecem apetitosas.

— Morreríamos, provavelmente. Então nem ouse — retruquei.

Jun conteve o riso farfalhante dessa vez.

— Está frio, uma fogueira é uma má ideia? — perguntou Vennus, trepado em uma árvore, cercando um perímetro com os olhos, em busca de monstros, humanos ou não.

— Acham que conseguem dormir essa noite sem uma fogueira? Caso a resposta seja afirmativa, seguiremos sem o alarde das chamas. — Enunciou Kay, com sua voz firme.

Todos balançaram a cabeça afirmativamente. O que eu gostava de nossa amizade, é que, com eles, até mesmo o silêncio era confortável.

A primeira noite foi relativamente tranquila. Acho que nenhum de nós dormiu o suficiente, estávamos sempre acordando, olhando para os lados, com medo do que pudesse espreitar de dentro das folhas das árvores. A floresta por si já era um genuíno perigo, com cobras, aranhas gigantes e declives traiçoeiros.

Puxei Vennus para perto de mim. Há muito tempo quis lhe perguntar algo, e como havia uma grande chance de morrermos, resolvi expurgar as angústias de meu coração antes de ser devorado por aranhas.

— Vê, se lembra do dia em que nos conhecemos?

— Sim, eu me lembro. Por quê? — perguntou, desconfiado.

— Naquele dia, eu estava no chão e... — Procurar as palavras corretas para expressar minhas dúvidas era difícil, como se eu estivesse andando num gramado de espinhos, tentando evitá-los ao máximo, mesmo sabendo que falharia. A verdade é que eu gostaria de lhe perguntar como é ser forte, como é a sensação de ser opressor, não o oprimido, mas não consegui.

— Eu te derrubei uma vez, e me senti muito bem. Então o derrubei novamente, apenas para você erguer esse corpo magro e apontar a espada para mim. Irritou-me o quão determinado você estava, simplesmente não desistia. Quis lhe machucar permanentemente, para que não ousasse me desafiar. Foi quando percebi algo. Um borrão me levou ao passado: minha mãe apanhava todos os dias dos guardas da cidade, sempre caía, sempre levantava, e eles a enchiam de pontapés, e depois, quando ela mal podia se levantar, roubavam nossas frutas. No dia seguinte, acontecia tudo de novo, nunca vi seu rosto sem estar coberto por hematomas. No dia da nossa batalha, eu vi o que os guardas viam. Outra perspectiva, a de quem tem o poder de ferir. E eu não gostei do quão bem me senti. — Seus olhos incharam, queimando em lágrimas sinceras. Diminuímos a velocidade dos passos, ao nosso redor, a floresta mais assustadora e bela que já vi nos cercava num círculo claustrofóbico.

— Você quer ir buscar umas mangas? — Apontei para a tatuagem em seu antebraço. Não havia razão em continuar naquele assunto, foi uma tolice minha puxar esse tópico. Vennus é um de meus melhores amigos, nada mudaria isso.

Eu, Vennus e Jun saímos em busca de frutas. Jun às odiava, preferia o gosto de carne, seja de frango, boi, coelho ou até mesmo cobras. A única fruta que apetecia seu paladar aguçado eram as cerejas.

— Meu pai faz o melhor ensopado de cobras de todo o reino, vocês precisam provar — disse ele, apoiando os braços musculosos por cima dos nossos ombros.

— Sua família parece tão maluca quanto você — retrucou Vennus, virando os olhos para cima, fingindo desprezo.

— Sim, eles são birutas, mas ótimas pessoas, assim como vocês. — Gentis palavras, para quem nos acertou com uma bofetada desconcertante na nuca.

— Pessoal, ali tem uma macieira. Muitas maçãs já estão no chão, provavelmente podres, mas conseguiremos recuperar algumas para comer hoje à noite.

— Garoto esperto. As aulas particulares com o velho esquisito estão compensando, já é quase um jardineiro. — Jun, às vezes, me irritava com as zombarias constantes, mas continha um coração de ouro.

Vennus riu tão alto que os pássaros se assustaram, voando para longe. Olhamos para ele em desaprovação, que gesticulou com as mãos um pedido de desculpas.

Voltamos com maçãs para todos. A noite caiu, e com ela, o frio se acentuou. Perto de mim, Carthen respirava ofegante.

— Está tudo bem? — Eu a perguntei, estendendo minha mão até seu ombro. Meu coração acelerou. O que eram mil flechas perto do olhar penetrante dela?

— Sim, sim. Está frio...

Não sabia muito bem como responder, então acenei com a cabeça e sorri, concordando com ela. Odiava silêncios desconfortáveis, mas não tinha muito o que fazer. Quando se não tem assunto, é melhor ficar calado do que falar asneiras.

— Jet. — Ela continuou, aproximando seu corpo um pouco mais perto do meu, e senti um calafrio percorrer meu corpo. — Você acha que vamos sobreviver?

Hesitei por um momento, era provável que todos sobrevivessem, mas eu? Bem, eu sou fraco, baixo e um péssimo esgrimista.

— Sim. Vamos sobreviver, já viu como Kayla, Vennus e Jun balançam uma espada? E você, então? Nunca vi alguém mais certeira com o arco! A Pola também tem uma visão invejável, sempre atenta aos seus arredores. — Com as mãos ao redor do meu ombro, tentava amenizar o frio movimentando-as para cima e para baixo.

— Você não é tão mau assim! Sua inteligência é admirável. — Ela respondeu, com um lindo sorriso, os olhos cerrados deixavam claro sua sinceridade.

— Obrigado. — Agradeci, com o que imagino que tenha sido uma expressão desajeitada num rosto da cor de um pimentão maduro.

— Vocês dois poderiam calar a boca de uma vez por todas? — Rugiu Jun, ameaçando-nos com chutes na bunda.

Risadinhas discretas são sempre mais gostosas. Senti meu coração quase pular para fora de minha boca, pois a cada segundo a respiração ofegante de Carthen se tornava mais alta, mais próxima de mim, aconchegando-se em meu peito. Dormimos abraçados, talvez fosse o frio congelante, ou o medo de morrer. E se fosse medo, eu não sou o melhor para protegê-la.

— Você é um cara legal, Cabeça de Ferro. Nunca mude! — Estalando os lábios, suas palavras ecoaram em minha mente.

Preso em um repetitivo pesadelo, ouvi Albertus praguejar com uma voz mais potente do que cem alaúdes, a seguinte frase: "Só não conhece o que é força de verdade ainda".

O segundo dia.

Quando o sol nasceu, nos levantamos para comer, e cada um de nós devorou dois pães duros do cesto de provisões que Jun carregava. O instrutor esqueceu de nos avisar que o real desafio era não sucumbir ao estresse, ao suspense, à ideia que invadia o pensamento de todos, a morte aparenta nos abraçar a cada passo dado.

— Vennus, você está marcando as árvores corretamente? — resmungou Pola. Conforme caminhávamos, seus dentes tremiam de medo.

— Sim, fique tranquilo, saberemos voltar. Sinto que essa noite o frio será pior ainda, devemos dormir todos abraçados, tal como Carthen e Jet. — Continuou ele, com um sorriso no rosto.

Kay estava inquieta. Calada. Observadora até demais. O que será que a preocupava tanto?

Jun pôs-se à frente de todos nós, então virou-se, respirou profundamente e disse:

— Algo está errado. Quando vão dormir, também sentem os olhos da morte os observando? É como se estivéssemos sendo cercados. É uma emboscada, eu se... — Antes de terminar sua frase, uma gigantesca aranha surgiu atrás dele, esgueirando-se com suas oito patas em direção a nosso amigo.

Carthen retirou rapidamente o arco de suas costas, posicionou os cotovelos levemente acima do ombro e soltou uma flecha, acertando o torso da aranha em cheio, que gemeu asquerosamente.

A essa altura, Jun já havia desmaiado, ele sempre foi extremamente sincero quanto ao seu medo de aranhas, então ninguém se surpreendeu muito com a cena teatralmente cômica de seu corpo desabando como um saco de batatas.

Cinco contra um monstro. Retiramos nossa espada da bainha, e nas pontas dos pés, avançamos, cercando lentamente nossa oponente monstruosa. A aranha fez um semicírculo, tentando nos acertar com uma veloz atarracada de suas patas nojentas, mas errou.

Acenamos com a cabeça e saltamos em direção à aranha coordenadamente. Sabendo que não desviaria de todos ao mesmo tempo tão facilmente, o monstro saltou para cima, prendendo-se numa árvore. Da espada de Kay, gotejava um líquido preto, e uma das oito patas do aracnídeo se contorcia no chão. Bem ao meu lado, jazia Carthen, que fora acertada por uma lufada visceral no antebraço, contorcendo-se de dor e caminhando desgovernadamente para trás.

Recuei.

— Está tudo bem? Foi profundo? — Segurei a espada com as duas mãos, atento a outros potenciais monstros que poderiam surgir.

— Sim, sim, está ardendo, apenas isso. Obrigado — respondeu ela, mal conseguindo levantar o braço atingido.

— Já sabemos o que fazer com Jun, caso ele nos importune novamente em nossas conversas noturnas. É só jogar uma aranhazinha nele — comentei com Carthen.

Com o arco projetado para baixo, ela piscou os olhos para mim e respondeu:

— Acho que vale a pena tentar!

Kay, Vennus e Pola saltitaram com destino à árvore. Discutiram brevemente uma estratégia nesse meio-tempo. Pola arremessou sua espada em direção à aranha, que prontamente a desviou com as patas. Kay e Vennus deslizaram pelo terreno, ficando bem abaixo da aranha, fincando da ponta ao gume dentro das tripas do ser monstruoso, derrubando-a da árvore.

Vennus resmungou sobre como havia errado levemente o ângulo do seu ataque, mas ao menos acertou.

— Belo golpe, vejo que está melhorando. — Esboçou metade de um sorriso.

— Obrigado.

Pola recuperou sua espada com dificuldade. O gume da arma prendeu-se na terra, e foi necessário dois de nós para esse serviço básico. Quando Jun acordou, contamos a ele tudo que havia acontecido. Ele solicitou que todos chacoalhassem sua mão, como forma de eterno agradecimento.

Dormimos todos bem próximos um dos outros na segunda noite. Ouvi resmungos de dor vindo dos avermelhados lábios de Carthen. Do ferimento em seu braço, descia um líquido preto. Ela desesperadamente me abraçava com o corpo suado e tremores constantes. Às vezes, eu discernia algumas frases que ela tentava terminar:

— Pai, mãe, não, não, não, não me deixem.

O terceiro dia.

Esse foi o dia que Carthen desabou, e tive que carregá-la nas costas. Não era tão pesada, mas babava constantemente em minha nuca, ela claramente não estava bem. De seus lábios, ouvi muitas coisas, dentre elas:

— Pai, mãe. Eu aceito, eu aceito, sim, voltar. Por favor. Senti tanta saudade de vocês. Eu também os amo.

Nos encontramos com mais aranhas, dessa vez, menores, bem menores, mas igualmente enraivecidas. Pola despachou uma delas com uma rajada de golpes. Kay matou cerca de quatro delas, e Vennus, lacerou duas. Já eu, carregava Carthen para todos os lados, e Jun, bem, já nos acostumamos com os desmaios constantes.

À noite, ousamos acender uma fogueira, e comemos um pequeno coelho que Kay capturou à tarde.

— Acabaram as ervas medicinais dos caixotes, irmãozinho. Já, já ela melhora, confie em mim. — Jun bateu em meus ombros gentilmente, tentando me confortar.

Só Dyeaus sabe se ela melhoraria de verdade. Suspeitávamos de uma infecção.

O fatídico quarto dia.

Acabaram todos os nossos mantimentos alimentícios. Deveríamos caçar caso quiséssemos comer. Kay se encarregou dessa tarefa, e eu a acompanhei por boa parte das tentativas de capturar coelhos, até mesmo sucedi em pegar alguns para um ensopado. Vennus trazia lascas de madeira para eventuais fogueiras, e Pola permanecia em cima de uma árvore alta, de vigia. Jun, como sempre, carregava nossas provisões num saco tão pesado, que só alguém músculo como ele conseguiria levantar.

Carthen melhorou subitamente, agora conseguia andar, até mesmo fazia piadas com os desmaios constantes de Jun.

— Jun, olha a aranha! — Era uma nova piada do grupo, assustar Jun com aranhas imaginárias, o coitado já não aguentava mais.

— Isso é muito insensível da parte de vocês! Parem! — Pela primeira vez, víamos Jun nessa posição. Geralmente era ele que passava o dia inteiro zombando dos outros.

Trouxe comigo um diário, algumas penas e tinta, para que eu consiga escrever. Na Academia, uma das melhores coisas que me aconteceu foi ser alfabetizado, apesar de ter sido uma árdua tarefa. Adorava escrever, acalmava meu ansioso coração.

— Cabeça de Ferro, o que você tanto escreve aí? — perguntou Carthen, se apoiando nos meus ombros.

— Meus pensamentos, às vezes eu desenho árvores, espadas, vasos. — Bem adulto da minha parte, eu sei. Mas era a verdade, não tem muito o que fazer.

— Uau! Bem legal, e já escreveu algo sobre mim? — Maliciosamente, ela não era só boa com o arco e flecha, era exímia na arte de manipular as palavras para conseguir as informações que queria.

— Jet, Cabeça de Pimentão! — Jun, sútil como sempre, cutucava o restante do grupo para observarem minha timidez, como se eu fosse algum tipo de animal exótico.

— Tem uma aranha no seu ombro, Jun. — Poucas vezes eu podia me vingar dele, essa, felizmente, era uma delas, pois um pequeno aracnídeo repousava ali, é como se ele atraísse aranhas. Albertus me disse uma vez: quanto mais se teme algo, mais o seu medo encontra formas de aparecer para você.

— Não tem não — resmungou, hesitando em virar sua cabeça para o lado.

— Então olha.

— Tá! Mas isso não tem a mínima... — Desmaiou novamente, e eu já estava perdendo as contas de quantas vezes.

Nada de muito interessante aconteceu à tarde, estávamos pegando o jeito de lutar contra aranhas gigantes, até mesmo eu consegui rasgar algumas. Me entregaram uma valiosa missão, a de anotar a quantidade de baixas, para decidir os melhores matadores, em sequência:

Kay, com doze mortes. Vennus e Carthen, com cinco cada. Pola, quatro. Eu, com três. Jun jura que matou uma, mas não é nada confirmado.

— Você escreveu neste caderno que não é confirmado. Isso é mentira, vocês viram, não viram? — gritou Jun, me puxando para perto dele, balançando o caderno.

— Simmmmmmm — respondeu, o coro harmônico da zombaria.

Olhei bem para o rosto dele: olhos achatados, uma pinta abaixo do olho esquerdo, pequenos pelinhos surgindo abaixo de seu nariz, algo que poderia muito bem ser um bigode daqui a alguns anos, os dentes amarelados abriam-se como janelas num sorriso convidativo, e no queixo quadricular, o início de uma barbicha. Jun seria um homem incrível, se aquela flecha não tivesse atravessado o escalpo de sua cabeça. Jun seria um verdadeiro herói, se não tivesse morrido tão jovem.

Os braços que antes me apertavam, se desvencilharam de mim, e seu corpo atingiu o chão em uma fração de segundos. Os olhos, ainda piscavam, a última coisa que ele viu antes de partir foi o semblante no rosto de seus amigos, o medo de perder alguém que se ama. Cathern correu em direção a nós, segurou o cadáver de Jun em seus braços, vociferou como um dragão e derramou as lágrimas sob o corpo sem vida, abraçando-lhe calorosamente.

Cinco figuras misteriosas saltaram acima de nós, todos encapuzados, menos o líder deles, o narigudo. Estavam escondidos nas árvores, fomos ingênuos, nos descuidamos.

Atiraram uma nova sequência de flechas, assobiando e zombando da morte de nosso amigo, enquanto puxavam os arcos.

Porque eu não morri?

Todas as flechas haviam sido direcionadas a Kay, que conseguiu rebater quatro das cinco, no entanto, a última acertou em cheio seu estômago, fazendo com que ela perdesse o equilíbrio.

— Parem — gritou o narigudo. — Senti o cheiro de vadia na distância e vim, achou que iria escapar das diversas vezes que zombou de mim? Roubando-me o que era meu por direito, a glória.

Kay levantou-se com dificuldade, mas antes que pudesse levantar sua espada, o narigudo empinou o arco e mais uma flecha percorreu em direção a ela.

— Me ferrei — sussurrou ela.

Dessa vez, eu me movimentei rapidamente, deslizando com a espada em minhas mãos, a levantei acima do ombro e picotei a flecha com uma saraivada lateral.

— Ótimo, gosto de um desafio, será mais divertido assim. — Através dos olhos do narigudo, eu vi chamas e sangue.

Meus amigos seguravam suas armas, prontos para o eventual embate, dificilmente conseguiríamos nos desviar de todas as flechas, mas morreríamos tentando vingar Jun. O problema era que a vantagem tática era deles. Lembrei-me daqueles livros, o terreno alto é, em suma, uma vantagem para uma emboscada.

— Deixemos isso mais interessante. — Assobiou uma ordem para seus capangas, e todos desceram das árvores, desembainhando espadas já ensanguentadas.

Um duelo mortal se iniciou. Na escuridão da noite, os aços reluziam à luz da Lua. De cima para baixo, e de baixo para cima, os metais se chocavam. Corremos pelo campo de batalha, desviando das arremetidas de nossos oponentes, nos aglomerando ao redor de Kay, que estava sentada em um tronco; formamos um escudo humano para protegê-la. Desviei algumas flechas que o narigudo arremessava em direção a ela, a cada erro, as chamas em seus olhos aumentavam. Já Vennus lutava contra dois brutamontes ao mesmo tempo, enquanto Pola protegia Carthen de outros dois.

No decorrer do último ano, havíamos nos tornado uma família. Sabíamos lutar como uma família de guerreiros. Mesmo que minha mão trêmula me falhasse, eles estavam ali para rebater os ataques que eu não conseguia.

— Seus vermes! — gritava ele, enquanto levantava seu arco, disparando diversas flechas, uma atrás da outra, com os olhos tomados pelas chamas do ódio.

Acertou Pola no ombro direito, e em seguida, um dos capangas a agarrou por trás, posicionando a espada em seu pescoço. O mesmo aconteceu com Carthen, logo em seguida.

— Soltem as armas, ou mais de vocês morrerão — vociferava ele, espumando de raiva. — Levante-se, desgraçada, levante-se e morra em minhas mãos, só assim deixarei seus amiguinhos viverem.

— Somos só nós. Nós conseguimos. — Ele sussurrou para mim.

Mantivemos uma guarda sólida, prontos para o que quer que acontecesse.

— Já é o suficiente, narigudo. Só precisava de um momento para me estabilizar. Calmamente, a voz de Kay se levantou atrás de nós. Em suas mãos, segurava o cabo da espada estraçalhado. Ela continuou: — Quebrei o cabo de minha espada sem querer, acha que pode me emprestar a sua, Jet?

Me recusei a entregar a arma nas mãos dela, estava claramente ferida, o suor escorria de sua testa, e uma quantidade assustadora de sangue se formava ao redor do ferimento. Até que ela acenou com a cabeça, do jeito que costumava fazer quando tinha um plano, me pedindo um salto de fé, implorando por confiança.

— Ok — respondi, meneando a cabeça.

—Você ficou maluco? — gritou Vennus.

— Ela tem um plano — sussurrei.

— Que plano? — sussurrou de volta, inconformado.

— Não sei — respondi, tentando inspirar o máximo de confiança com palavras tão inconfiáveis.

O narigudo despencou de seu esconderijo. Apinhado de ginga, caminhava com uma espada em suas mãos maculada em sangue, confiante em suas habilidades, ébrio como um leopardo que vai à caça.

Os urubus pairavam acima de nós, esperando pelo momento de suas refeições.

Kay enrijeceu seu corpo, absorta em seu plano. Circuncidou a primeira guinada do narigudo, resoluta em ganhar um pouquinho de tempo. Tempo era tudo que ela precisava. Entendi nessa hora que, acima de nós, havia dezenas de olhos crepitando na escuridão, as aranhas gigantes.

Sem perder tempo com conjecturas, o narigudo atirou-se para frente, aplicando imensa força nas mãos. Kay vibrou ao enxergar uma pequena brecha na qual pode explorar para se desviar do golpe.

Crepitando na escuridão, as aranhas gigantes se aproximam. Emanando ódio, o narigudo concentrou-se completamente no que seria seu último golpe.

— Tem uma aranha feiosa atrás de você, seu bobalhão. — Kay expressou seu desprezo com uma bela risada.

— Cale a boca! — Avançou de maneira desajeitada, tomado pela raiva, um claro erro.

— Se não acredita em mim, aproximarei você dela.

Kay pegou impulso ao circundar as pernas. Acertou um chute impetuoso, e a ponta de seu pé tocou o pescoço do garoto, arremessando-lhe para trás.

O garoto sentiu um abraço grotesco o contornando, eram as patas da aranha gigantesca. Seus capangas, inutilmente, correram para salvá-lo, mas uma alçada da espada de Kay os parou.

Vennus disparou à frente, frígido à cena horrorosa que era ver um menino ser sequestrado por uma aranha. Transfixando sua espada no peito de um dos meninos que ocupavam Kay, enquanto as folhas bruxulearam ao vento.

O que restou do bando do narigudo, correu em direção à floresta, sendo perseguido pelas aranhas farejadoras de medo. Só restávamos nós, feridos e perdidos, na Floresta dos Desprezados.

O quinto dia.

Conforme cavava sua cova, quis dizer algumas palavras em sua memória:

— Ele era o melhor de nós. O mais gentil, o mais divertido, o mais bonito. Tivemos sorte em conhecê-lo. — Minha voz ecoou na Floresta dos Desprezados, longe de quaisquer aranhas, numa cova improvisada embaixo de uma cerejeira, nós lamentamos a morte de um querido amigo. — Descanse em paz, irmão — sussurramos soturnamente.

Nenhuma piada fora feita no restante do dia, nem sequer abrimos a boca para conversar, só ouvíamos os estalos de nossos lábios e os pássaros cantando. Ocupamos a cabeça apenas com as tarefas de tratar nossos ferimentos e comer bem. Carreguei o cesto de suprimentos.

O sexto dia.

Permanecemos em silêncio, até que, na madrugada, choramos. Contamos histórias engraçadas que vivenciamos com Jun, o galã do Sol Negro. Sonhei com meu passado mais uma vez, sonhei que era feliz.

Sétimo dia.

Seguimos as marcações de Vennus. Batalhamos com muitas aranhas, a contagem fora atualizada à tarde, enquanto comíamos coelhos cozidos.

Jun, vinte, absolutamente confirmados. Kay, dezesseis, Vennus doze, Pola dez, Eu, com sete. E Cathern, dois.

Magros, furados, com menos membros no esquadrão e chorando, sob o sol do oitavo dia, escapamos. Mais outros três grupos também conseguiram. Magros, furados, com menos membros no esquadrão e chorando.

# CAPÍTULO CINCO

# EM BREVE, ESCAPAREMOS DESTE PESADELO

embrei-me da noite em que Jun nos contou o porquê de ele vir parar na Academia. Era para trazer dinheiro para dentro de casa, para alegrar sua família. Ele era de uma das províncias próximas a Mannheim, um típico garoto do interior. Um garoto de ouro.

— Fique tranquilo, contanto que vocês continuem a me fazer rir, os protegerei — disse ele, exibindo os largos ombros e músculos definidos nos braços.

Enterramos Jun em um local nomeado Floresta dos Desprezados, mas ele era tudo, menos desprezado: contava com uma família numerosa e calorosa, que o apoiava incondicionalmente. Deveria ter sido enterrado no solo de sua família, ou então em um local com um nome mais agradável, que combinasse com sua personalidade amável.

Carregarei a memória dele comigo para sempre. Estamos em dezembro, o primeiro ano acabou, em breve escaparemos desse pesadelo vivido.

A morte me segue. Aonde vou, os urubus vêm atrás.

Inspirei, desesperado, em busca de ar. Expirei, em busca de conforto. Malditas mãos que me falham.

Eu vou morrer em breve.

Maldito corpo que não funciona normalmente. Que sensação horrível é essa que imobiliza meus pensamentos, que inutiliza minhas habilidades? Uma devastadora invisível força prensa meu peito inviabilizando minha respiração, é a tal ansiedade.

— O que há de errado com você, seu imbecil? — gritou Vennus. Seu rosto mudou muito nos últimos meses, estava mais sério e distante. Retirou da empunhadura o seu aço e apontou em direção ao Urso, que nos esperava no gramado exterior à floresta.

Notei que dois garotos do bando do narigudo haviam sobrevivido, estavam furados e com arranhões, provavelmente das aranhas. Vennus suspirou ao vê-los e redirecionou seu ódio.

O Urso permaneceu imóvel, sem nenhuma reação visível. Os garotos hesitaram, vi o medo em seus olhos, as olheiras entregavam que estavam cansados, e os ombros projetados para baixo deixavam claro que não eram mais os valentões de antes.

— Vocês mataram meu amigo. — Praguejou. Tentei agarrá-lo, mas Vê facilmente se desvencilhou de meus braços, cortando com os ombros os poucos sobreviventes em seu caminho, aumentando o ritmo de seus passos. Com a espada cintilando em suas mãos, ele investiu.

Os garotos arfaram baixinho, tentaram apontar as espadas pontudas para cima, mas o aço de Vennus banhou-se com o sangue dos garotos, num corte lateral no peito, dilacerando suas vestes.

— Vocês o assassinaram, ele está morto. — Rosnava Vennus, como um leão violento.

Arremeteu sua arma mais uma vez, projetando-a para o lado esquerdo, num ataque de cima para baixo. Os aços se encontraram no meio do caminho, um dos garotos tentou desviar o golpe, encontrou sucesso em sua tentativa, mas fora alavancado para a lateral com o impacto do golpe, desabando no chão.

Estávamos em choque absoluto, paralisados, até mesmo Kay não esboçou reação. Talvez, em nosso âmago, estávamos felizes por Vennus vingar nosso amigo; parecia errado interrompê-lo, mas sentia que era muito pior não fazermos nada.

O rapaz que ainda estava em pé, tremia como um filhote de cachorro, cerrou os punhos e projetou o gume na altura de seu ombro, ouvi pequenos estalos em seus lábios, seus cabelos loiros bruxuleavam ao vento, ele respondeu tristonho, mas em alto tom:

— Meu amigo também está morto. Por aranhas gigantes. Deixe-nos em paz.

O Professor Urso pigarreou, observando o embate, sem esboçar reações, apenas andando de um lado para o outro, com as mãos coçando o bigode. A espada de Vennus virou-se, e estava apontando para ele.

— E você, como pôde deixar isso acontecer? Nós somos pessoas, não bonecos.

Decidimos agir. Kay acenou em minha direção e corremos para agarrá-lo, antes que ele atacasse um professor. Entre cuspidas, xingamentos e muita saliva encontrando o solo, conseguimos imobilizá-lo.

O Urso girou seu corpo rechonchudo, lentamente direcionou-se até nós e colocou a palma da mão no escalpo de Vennus. Toda a calma que ele passava antes, havia esvanecido. Uma forte ventania fez com que as folhas amareladas planassem. Eu nunca o vi assim, temi pela nossa vida.

— Eu gosto de você, Vennus, tem a coragem e determinação de um cavaleiro. Eu vejo que treina toda madrugada para se tornar mais forte, e eu o respeito por isso. Mas de forma alguma confunda minha admiração por fraqueza. Levante sua espada em minha direção mais uma vez e morrerá antes de piscar esses seus olhinhos furiosos.

Ele deu as costas para nós. Pude ver que os pelos do braço de Vennus eriçaram, pelo visto também estava com tanto medo quanto eu e Kay. Avançou, sinalizando com as mãos para retornarmos à Academia. Subitamente, rodou o rosto em nossa direção, pude ver sua grotesca face de perfil, pigarreou uma última vez, cuspindo uma enorme quantidade de saliva, e disse:

— Eu sinto muito pela morte de Jun, o mundo não é um lugar justo e nem todos sobrevivem. Mas veja os olhos dos tais assassinos, estão flamejando em culpa. Se lhe conforta, saiba que eles estão oficialmente expulsos da Academia, não há espaço para homens que perfuram seus irmãos por disputas fúteis. Não me estenderei em parabenizações aos que estão vivos, fiquemos em silêncio, em memórias aos que se foram hoje à noite, por favor, não se esqueçam deles. — Nunca em minha vida imaginei ouvir uma frase tão gentil saindo dos lábios secos do Professor Urso. Torci para ninguém perceber minha surpresa, afinal de contas, minha boca estava aberta como uma janela num dia quente.

Todos em silêncio e cabisbaixos. Poucos grupos haviam perdido membros, mas Jun era muito querido pelos recrutas, o baque de perdê-lo afetou a todos.

O Urso pigarreou, e continuou:

— Caso estejam questionando em suas cabecinhas tolas sobre eu ter lhes dito ser permitido matar companheiros, eu menti, era uma armadilha para expulsar traidores. — Gargalhou, acenando para os recém-expulsos.

Borrões invadiram meus pensamentos, e vi os olhos de Jun contorcidos em alegria. Em seguida, ouvi sua voz farfalhante, rindo. Seu sorriso, aberto de ponta a ponta. Por fim, uma flecha cravada em seu crânio, e o som do seu corpo desabando.

Vennus arfava, as narinas abertas, os olhos comprimidos e avermelhados. Ele se soltou de nossos braços e caminhou à frente, bufando.

Os recém-expulsos foram ordenados a devolver as espadas, arcos e armaduras. As muralhas se fecharam com eles do lado de fora. Com os olhos lacrimejando, eles imploravam para ficar, pois morreriam do lado de fora, as mãos abraçavam os ombros, e os dentes estalavam, estava frio e o céu escurecia. Nunca mais os vi em vida.

— Acham que Vennus ficará bem? — perguntou Pola, baixinho, enquanto caminhávamos.

— Não faço ideia, mas estaremos ao seu lado, sempre — respondi.

Na manhã seguinte, Albertus convocou eu, Kay e Vennus aos seus aposentos, pela primeira vez. Seu cômodo, era um cubículo com paredes rabiscadas por números, frases e desenhos, reconheci alguns deles, pareciam com marcações que vimos em "A arte de guerrear". No fundo do quarto, uma escrivaninha com dezenas de papéis e livros, junto a uma cadeirinha de madeira delicada. Sua cama estava desorganizada, mas seus lençóis pareciam sofisticados e confortáveis, costurados em uma seda azulada.

— Sinto muito por Jun — lamentou ele, sentado em sua cadeira, com os ombros na mesa e as mãos na face. Vennus não parecia interessado em ouvir mais um adulto, bateu à porta com força e correu em direção aos nossos aposentos. — Deixe-o ir, está correto em sentir raiva, a metodologia de ensino da Academia não é exatamente ética. Como está se sentindo, Kay?

Percebi que estava um pouco mais calada que o normal nesses dois últimos dias, como se não tivesse processado os acontecimentos. Ela mordeu os lábios, olhou para mim e depois para Albertus, respondendo:

— Vazia. Estou vazia e triste.

Me questiono se há um futuro acompanhado por espadas que não termine em sangue e tristeza.

— Eu entendo, crianças. Fiquem de olho em Vennus, há muita escuridão em seu coração.

Demos um leve salto com as súbitas e impacientes batidas na porta, ouvi a voz do Urso gritando do lado de fora:

— Deixe-os em paz, velho tolo, não encha a cabeça desses garotos com esperança, ou quaisquer besteiras do tipo. As únicas verdades que precisam conhecer são a guerra e a lealdade.

Suspiramos em desgosto. Albertus acenou com a cabeça para sairmos. Foi difícil dormir, meus olhos obstinados não ousavam se fechar, temia ver o rosto de Jun e a flecha atravessando seu crânio. Minhas mãos chacoalhavam, a ansiedade dominou meu corpo em poucos minutos.

— Eu sinto falta dele — disse Carthen, que estava deitada ao meu lado, lacrimejando.

Eu a abracei, e quando finalmente adormeci, tive pesadelos horríveis com a Floresta dos Desprezados.

O Professor Urso anunciou no salão que os ensinos do ano haviam terminado, então nos restava apenas aulas de disciplina militar, e que outro professor assumiria seu lugar nas próximas semanas, portanto, após finalizarmos nossas obrigações diárias, estaríamos liberados para zanzar pela Academia, fazendo o que nos interessasse mais.

Terminei minhas tarefas mais cedo do que o normal e encontrei-me com o restante dos meus amigos na cozinha para ajudá-los a terminar as obrigações mais cedo. Ainda estávamos muito abalados com a morte de Jun, podia sentir meus olhos lacrimejarem constantemente, e um ar de profunda decepção nos cercava.

— Um pouco antes de irmos para a Floresta, perguntei a Albertus a maior dúvida de nossas vidas, a razão de seguirmos em frente: por que chove. Ele me contou duas versões, uma delas era uma hipótese de que as nuvens carregavam água em seu interior, e ao se chocar, despejavam essa água para baixo. A outra explicação era que tempestades são uma mensagem simbólica de Dyeaus, representando a melancolia e tristeza humana, e mesmo a pior das tempestades cumpre um propósito; auxiliam as plantações a crescer. Sua mãe dizia a mesma coisa, Vennus. — Não sei muito bem se o que eu disse ajuda ou atrapalha, mas todos esboçaram um sorriso, nem sequer tenho certeza de que superarei a dor, e sem dúvidas minha ansiedade havia piorado muito nos últimos dias, mas precisava animá-los.

— E se a gente abandonar a Academia? Juntos, podemos fundar uma guilda, sei lá, lutar contra bandidos, ajudar os necessitados. — Começou Carthen, empolgada.

— É uma boa ideia! — Imaginei nós cinco surrando bandidos, ajudando vilarejos pequenos, como verdadeiros heróis, não sanguinários cavaleiros.

— Acho que deveriam ir! Mas eu não, eu tenho um propósito aqui. — Vennus argumentou, e Pola balançou a cabeça, em concordância.

— E daí? Vai ser divertido, a gente poderia fazer tantas coisas juntos. — Kay também aparentou estar interessada na ideia, estávamos quase em consenso.

— Não. Não posso, sinto muito, cheguei longe demais, mas vão vocês, por favor. — Vennus, às vezes, soava muito melancólico quando falava de seu destino. Pude notar a tristeza em seu semblante, como se divagasse para outro lugar, talvez estivesse pensando em sua mãe.

— Fico com você então. Até o fim. — Tentei animá-lo, mas minhas palavras parecem tê-lo machucado muito mais que uma flechada que atravessa uma frágil abertura na armadura.

— Fico também.

— E eu também.

*Juntos, até o fim.*

Passamos o restante do dia caminhando pela Academia, como bobos sem rumo, brincando, como crianças devem fazer.

...

A professora nova me lembrava uma águia, com um rosto afinado, sobrancelhas arqueadas e um pescoço alto. Ela nos explicou que nosso treinamento estava terminado, passaríamos algumas semanas com ela, estudando a disciplina de ética por pura formalidade, em seguida, todos os recrutas seriam designados a uma missão, voltaríamos para Academia quando concluíssemos nossa designação para uma espécie de formatura, receberíamos nossos uniformes permanentes, medalhas e patentes, oficialmente nos tornando Cavaleiros do Sol Negro.

Éramos um grupo unido de cinco, então respeitosamente exigimos ser colocados no mesmo esquadrão, por uma questão de irmandade. A nova professora fez pouco caso da nossa opinião a princípio, mas prometeu que iria tentar.

Fomos divididos.

Eu, Kay e Vennus estávamos juntos, ao menos. Pola e Carthen foram para outro esquadrão. Passaram-se algumas semanas, e em nossa última noite juntos, no pátio aberto com o céu estrelado acima de nós, prometemos com os dedos cruzados que sobreviveríamos a qualquer missão, apenas para nos reencontrar na Academia.

— Nos veremos em breve — respondi, ignorante do que o futuro me reservava.

Numa noite chuvosa, o nosso superior, acompanhado de seu esquadrão, vieram nos buscar, em cavalos alados e armaduras negras reluzentes. Antes de partir, requisitei autorização para me despedir de meu mentor. Através da pequena viseira do elmo negro com penas adornadas, vi os olhos de nosso capitão, azuis como um lago. Concedeu-me autorização com uma breve acenada. Corremos pelo pátio, cortando todos os obstáculos que encontrávamos pelo caminho, pessoas ou objetos. Albertus adorava ler à noite, e a porta da biblioteca estava arregaçada e com feixes de luzes amareladas projetando-se para fora, o que simbolizava sua presença no lugar.

— Albertus, estamos partindo para a nossa primeira missão, venha nos abraçar e nos conceder péssimos conselhos — gritei, em tom de brincadeira.

A biblioteca estava vazia. A vela acesa bruxuleava com o vento. Procurei-o na poltrona em que ele sempre sentava para ler, com seu charuto em mãos, mas não o vimos.

— Que estranho — disse Kay.

— Sim, o velho gagá geralmente não esquece as luzes acesas — respondeu Vê, balançando a cabeça para os lados.

Deslizei para o corredor de livros de história, sem dúvida, sentiria saudade de ler em companhia do velho. Vi sua figura abaixada no chão, com um livro grosso em mãos, aproximei-me e ouvi um ronco baixinho, e um pouco de baba gotejando de sua boca aberta.

— Ele está aqui. Dormindo com um livro em mãos. — Beijamos a testa suada de Albertus, tentando não o acordar, e nos despedimos mentalmente.

Ouvi Vennus sussurrar baixinho, com as mãos no braço do sábio:

— Desculpe-me.

Pegamos nossos sacos com pertences pessoais, vestimos as cotas de malhas e as jaquetas com o Sol Negro nas costas, as espadas de aço presas a empunhadura. Dirigimos rumo à saída, acompanhados pelo nosso novo esquadrão. Os portões se ergueram, o mundo nos esperava; não éramos mais crianças, éramos cavaleiros.

Cavalos nos esperavam do lado de fora. Lembro-me dos treinos com montaria no pátio, especificamente como eu sempre caía deles. O capitão nos fez escolher nossos alazões. O meu era marrom e magro, com diversas manchinhas brancas. Manchado seria seu nome. A montaria de Kay usufruía de um topete engraçado e uma listra esbranquiçada na testa, sua pelugem me lembrava a de um leopardo. Já o de Vennus possuía uma pelagem castanho escuro. Era alto e forte, o mais belo do bando. Constatamos que era também o mais temperamental, pois relinchava constantemente.

Em lentas galopadas, guiamos nossos cavalos, seguindo o capitão numa estradinha de pedregulhos irregulares. Ergui minha cabeça e observei o céu, com as estrelas piscando acima de mim e os gafanhotos ziziando no gramado.

— Ouvi muito sobre cada um. A pródiga Kay, a melhor cria da Academia desde os tempos dos antigos heróis. Vennus, o obstinado. E por fim, Jet, o medíocre. Deixem-me lhes apresentar seus novos irmãos de armas. Essa mulher alta e cabeçuda é Agnes. O careca se chama Marco. E o de touca é Amus. Por fim, eu sou Jorge. É um prazer conhecê-los.

Cumprimentamos um por um. Agnes era realmente cabeçuda. Pequenas cicatrizes espalhavam-se pelo rosto quadricular, usava trajes leves de lã, evitando manoplas, elmos e tudo mais. Protegia-se unicamente com um peitoral negro, adornado pelo símbolo do Sol Negro. Resguardava duas adagas com empunhadura dourada na lateral de sua cintura e aparentava ser uma ágil lutadora. Marco gozava de um rosto engraçado, com olhos esbugalhados e uma barba por fazer. Era o mais amigável do grupo, sempre sorrindo e fazendo caretas. Preso às suas costas por uma corda, um gigantesco machado, o cabo da arma simulava a textura de uma serpente. Portava uma jaqueta longa de pelos de lobo, e por baixo, uma cota de malha. Amus era cercado numa aura misteriosa, silencioso e reservado, ouvíamos o cochichar sozinho às vezes. Seu olhar sempre à espreita, atento aos seus arredores. Seus cabelos lisos e longos, eram presos a um coque circular, mas os escondia com uma touca esverdeada com um bordado do Sol Negro no centro. Sua espada tinha uma curvatura diferente das tradicionais, parecia ter sido forjada em uma terra distante de Mannheim.

Escureceu rapidamente, mas seguimos cavalgando noite adentro, o capitão às vezes erguia a cabeça para observar as estrelas, apontava para uma e depois para a outra, provavelmente garantia-se que estava indo na direção correta se baseando na posição dos astros.

— Após a graduação na Academia, poderão trajar-se da maneira que lhes for confortável, contanto que viajem sempre com a documentação adequada e um símbolo do Sol Negro bordado em seus trajes. A não ser que sejam guardas em Mannheim, aí serão pomposos e elegantes, nos belíssimos uniformes reais — disse Marco, ironicamente. — O que querem ser, afinal de contas? Aventureiros, ou policiais?

— Policial — respondeu Vennus, sem nem pensar.

— Pretendo acompanhar Jet, alguém precisa defendê-lo — retrucou Kay, rindo descaradamente.

— Desejo ser um aventureiro, embarcar em missões para terras distantes. — Sem ter muita certeza se o que eu disse era verdade, respondi mesmo assim.

— Talvez sua profissão ideal seja virar um mercenário então, pois no exército não há glória, adentramos as vilas e encontramos apenas olhares tortos. Matamos ou prendemos bandidos, e nos agradecem com tomates voando em nossa cara. Somos instrumentos da ordem e da justiça, não aventureiros. — A voz ríspida de Marco não combinava com a expressão que ele nos entregava. Com os olhos fechados, ele sorriu despreocupado.

— O exército e a polícia de Mannheim são o símbolo da injustiça e corrupção. Não me surpreende serem recebidos tão mal. — Impondo sua voz, Vennus rebateu, após bebericar de um recipiente de água. O restante do esquadrão virou-se para nós, curiosos.

— Cuidado, garoto. Você pode ser preso por falar isso em voz alta. Sorte a sua que não tenho a menor disposição em amarrar suas mãos e alimentá-los aos cachorros selvagens, que, com certeza, espreitam na escuridão, esperando pelo momento certo de dar um bote — respondeu Marco, mantendo sua compostura alegre e descontraída.

— Esse garoto é maluco, gostei dele. — Agnes levou a mão até a barriga, rindo tanto que até tossiu.

— Sigam em silêncio a partir de agora, quero ouvir apenas os grilos, os pássaros e minha respiração. — O capitão Jorge arfou.

Atravessamos estepes e subimos cristas. A trilha de pedregulhos estava desaparecendo aos poucos, e o chão lodoso fazia com que nossas montarias andassem mais devagar. Desviamos da trilha e adentramos em meio a um gramado esverdeado. Jorge ordenou que montássemos um acampamento num cume, e assim fizemos, prendendo os cavalos às árvores com cordas, demos-lhe baldes de água, caso sentissem sede.

Deitamos no chão, abraçados pela grama rala, e cobertos por trapos velhos que havíamos trazido caso esfriasse. Em meio às árvores altas, que nos cercam num círculo, sonhei com um breu absoluto.

Acordei com um cesto pesado, com dezenas de laranjas em minhas mãos. Vennus havia levantado mais cedo para coletá-los. O esquadrão o agradeceu, e essa foi nossa única refeição por quase todo o dia. Nós três, além de levar sacos com equipamentos, carregamos também os baldes, as tochas, as canecas e as cervejas de todos.

— Capitão Jorge, poderia nos elucidar qual é nossa primeira missão? — Acelerei para alcançá-lo a cavalo, conforme seguíamos por uma pequena trilha de terra com pegadas quase invisíveis.

— Um mensageiro foi enviado para o palácio real, era apenas um fazendeiro da pequena vila de Jango. Implorou aos pés do rei pela ajuda dos Cavalheiros Negros, pois um suposto vampiro foi avistado a poucas semanas agarrado ao pescoço de uma dama. Vocês resolverão o caso, nós beberemos e festejaremos, pois há um lindíssimo festival de agradecimento às colheitas férteis acontecendo em Jango. Ouvimos dizer que os ensopados são deliciosos e a cerveja, melhor ainda. Está claro? — respondeu Jorge. Seu elmo, em espiral, repousava na lateral do cavalo. Pude finalmente fitar a sua aparência. Parecia jovem, o rosto liso, recém aparado, terminava em um queixo pontudo, seus fios encaracolados e densos espetavam-se para cima. Era um homem de feição séria e resoluta. Seus olhos encontraram o meu, não ousei desviar.

— Sim, senhor — respondi.

— O que ele disse? — Kay e Vennus me perguntaram, com as cabeças erguidas e os olhos bem abertos, ansiosos por uma resposta, suspiraram em empolgação ao ouvir a missão.

— Que incrível, nós vamos caçar um vampiro! — gritou Vennus. — O que é um vampiro mesmo?

107 | A Vingança dos Injustiçados

# CAPÍTULO SEIS

## UM VAMPIRO É TIPO UMA SANGUESSUGA HUMANA

Pelos deuses antigos, vampiros são seres assustadores então.

Atrás de nós, Marco e Agnes discutiam, entre risadinhas e tapas, sobre qual seria a folha ideal para lavar a bunda após uma caganeira furiosa.

— Sim, mas eles não são reais — retrucou Kay, desembaraçando seus cabelos ruivos com a ponta do dedo. — Há séculos que seres mágicos não são avistados, muito provavelmente perderemos tempo rondando em círculos.

Após um longo dia de caminhadas, olhei para trás. A Academia sumiu de nossa vista a tempos, estávamos livres. Comentei com Vennus sobre algumas espécies novas de árvores que avistei no percurso. Senti os pelos do meu braço eriçarem. Sabe quando você tem certeza que alguém está te observando?

— Uma carta. — Um ruído saiu dos lábios pequenos de Amus. Seus olhos nem sequer piscavam, aquele cara era assustador. Suas mãos estendiam um pedaço de papel. — Para você.

— Obrigado — respondi, erguendo as sobrancelhas em dúvida. — Quem escreveu?

— Albertus. Roubei do seu saco. — Zero piscadas, nenhuma expressão, era um homem simples e direto, lidava apenas com os fatos.

Indaguei, um tanto quanto indignado, mas evitando me exaltar:

— Você mexeu nas minhas coisas? Isso não é legal.

— Sim.

Kay e Vennus contornaram suas montarias para perto de mim, os feixes do sol acertando diretamente meu rosto dificultavam a leitura. Eu era o que lia mais rápido de nós três, afinal, passei muito mais tempo aprendendo a arte de ler e escrever com Albertus que o restante do grupo.

O selo avermelhado em formato da cabeça de uma coruja já havia sido rompido por Amus. A folha amarelada cheirava a livros antigos. Lia-se o seguinte:

*Pequeno Jet,*

É com imensa felicidade que lhe escrevo essa mensagem. Acho que encontrei uma resposta, ou melhor, uma útil metáfora para seus problemas com a ansiedade.

*A vida é uma peça de teatro dramática, portanto, optei por revelar minhas descobertas por uma carta, tal como os poetas. Além do mais, dessa forma, você sempre poderá revisá-la para se lembrar de meus conselhos.*

Quando o ar escapar de seu pulmão e as mãos trêmulas fraquejarem, imagine uma delicada pena. Você a pega suavemente, seu único propósito é estabilizá-la na ponta de seus dedos. Para isso será necessário respirar fundo e se concentrar no presente.

Encontre o equilíbrio, sinta o ar preencher seu peitoral. Tudo vai ficar bem, pequeno Jet.

Mande um abraço para Kay e Vennus, proteja-os do perigo e da estupidez.

— Conselho estranho — concordaram meus amigos.

O esquisitão incapaz de piscar, mostrou os dentes e rosnou:

— Conselho bom. Sábio.

Agarrei-me àquela carta como se fossem as palavras mais importantes que li em minha vida. Diversas vezes, durante nossa jornada de dias à Jango, a observei. Imaginar uma pena e equilibrá-la na ponta dos meus dedos.

No terceiro dia, a rota voltou a ser pavimentada por pedregulhos, e não apenas terra batida. Montanhas enevoadas erguiam-se ao fundo, a vegetação ia mudando de cor, deixando o verde vivo da grama, para planícies amarronzadas. Uma placa levemente tombada para a esquerda anunciava que estávamos próximos do destino. O frio desconsolador nos obrigou a acender uma fogueira com alguns galhos secos. Rangendo os dentes, mantive minhas mãos próximas ao fogo.

— Empolgados pela primeira missão? — perguntou Agnes, com a mandíbula contraída de tanto frio.

— Simmmmmmmmmmm — respondemos, juntos.

— Vampiros não são reais, são? — indagou Kay.

— Honestamente, não — respondeu Jorge.

— Nunca se sabe, coisas esquisitas estão acontecendo nos últimos tempos. Relatos de uma vila inteira desaparecendo foram comunicados ao Rei. Ouvimos dizer até mesmo que o mago Vilmur foi avistado zanzando por pastos ao norte. — Jorge assava um pequeno coelho no fogo, rodopiando o graveto para não deixar nenhuma carne crua.

— Vilmur? — Kay perguntou, com as sobrancelhas arqueadas.

— Sim! Você o conhece? — indagou Agnes, rindo brevemente.

— Não, não, apenas um nome engraçado mesmo, parece até inventado. — Kay analisou, evitando o assunto.

—Todos os nomes são inventados — retrucou, Jorge. — Esse homem é uma lenda de tempos passados. Creio que seja um dos únicos seres capazes de manipular magia que ainda vive. Ele e seu irmão, cujo nome desconheço.

— Ele está mais para um charlatão. Enganava dezenas de reis com falsas profecias, aproveitando as melhores provisões, bebidas e pães que lhe ofereciam, ordenava que levantassem torres em seu nome, apenas para enchê-las de mulheres e livros. Uma figura. — Marco, como sempre com os fatos risórios. — Não, é sério, pessoal, essa história é verídica.

Por incrível que pareça, os adultos confirmaram o absurdo. Por isso o mago havia sumido, metade dos reinos livres queriam sua cabeça numa estaca.

Amus pulou do chão, caminhou em direção ao seu cavalo. Na sela, um saco de trapos com o que pareciam ser garrafas de vidro. Retirou duas, nos recipientes, havia um líquido dourado. Cerveja.

Os adultos beberam noite adentro, nos contando histórias de guerra e mistério; eles eram divertidos quando bêbados. Quis a presença de Pola e Carthen conosco, mas infelizmente não fazia a menor ideia de onde estavam, esperava que estivessem seguras.

— Eu amo vocês — sussurrei a Kay e Vennus, antes de adormecermos.

A vila de Jango era muito menor do que eu havia imaginado. Dezenas de casinhas construídas num terreno irregular, lembrando-me das ondas do mar, fazendo curvas para cima e para baixo. Gatinhos escalavam os telhados, pulando de ponta a ponta, e cachorros latiam abaixo deles, furiosos. Os habitantes trajados em vestes empoeiradas e com chapéus de palha nos cumprimentavam com os dentes amarelados. Pude ver muitos deles se esforçando para decorar os edifícios com fitas finas de cores diversas. Bandeirinhas vermelhas e verdes formavam arcos, conectando as casinhas numa rústica decoração. Flores alaranjadas, como a margarida e o girassol, posicionadas em vasos enormes. O festival aconteceria à noite, e todos estavam dedicados à sua execução.

Adentramos uma taberna, amarrando os cavalos a um tronco próximo a porta, sentamos numa mesa quadriculada, os bancos de madeira eram confortáveis, minha bunda doía de tanto cavalgar, portanto, quaisquer assentos já eram um benefício.

— Taberneiro, traga cerveja e água para nós. O que há de bom para comer em sua respeitável cozinha? — Jorge guiou a conversa, com suas conjecturas de um verdadeiro cavaleiro.

O homem apoiou as mãos sobre nossa mesa, sorrindo e gesticulando com os braços:

— Bem-vindos, sou Gervado, e estou ao seu dispor. Estamos começando a assar um ensopado de mariscos com repolho. Aceitam?

— Traga-nos dois jarros de cerveja. Não, três jarros. Canecas com água para os menores e mariscos para todos. Você tem cômodos livres para todos nós em suas estalagens?

— Sim, senhor.

— Reserve os cômodos com os melhores colchões para nós. Obrigado.

— Pode me trazer alguma fruta, por favor? — Vennus interrompeu.

— Sim, senhores. — Ele correu para a cozinha, num jeitinho engraçado.

— Não me olhem feio, crianças. Defendemos um cerco numa vila desgraçada por duas semanas, a única certeza que pairou nossas cabeças era a morte, e por algum milagre desconhecido, estamos vivos. Não há férias ou descansos prolongados no exército, saibam aproveitar os dias de calma, antes das tempestades raivosas do destino.

— Falou bem, Capitão — gritou Marco.

O taberneiro desengonçado carregava três jarros nas mãos, os firmando no peito, torcendo para que não caíssem, cambaleando para os lados até nos alcançar. Voltou logo em seguida com as canecas e nossos copos de água. Agnes sugeriu um brinde:

— Aos que perdemos no cerco de Malta.

— Aos mortos. — Amus arfou rouco.

O ensopado estava delicioso. Comi duas tigelas, ainda bem que Jorge prometeu que pagaria pela nossa comida, caso contrário, estaria ferrado.

— Saciados? Agora sumam daqui. Conversem com os locais para descobrir onde o estaroste da cidade reside para extrair informações a respeito do tal vampiro. Boa sorte, recrutas. — Jorge praguejou, finalizando sua frase enquanto mastigava os mariscos e bebericava de sua caneca, com um simulacro de um bigode criado pelas espumas da bebida. — Ah, e voltem para a taberna quando lhes for conveniente.

Levantamos, agradecemos pela refeição e partimos. Virei o rosto para trás. Amus nos fitava silenciosamente, Marco sorria e acenava com a mão, e Agnes expressava suas emoções positivas com um gesto obsceno. Éramos só os três agora, numa missão perigosa.

— Depois da graduação, gostaria de visitar Francisca, você precisa conhecê-la, Vê, é uma forjada formidável. — Kay concordou comigo, mas nosso amigo não parecia interessado em conversar, estava extasiado com a simplicidade aconchegante da vila.

— Queria ficar aqui para sempre, não ter que enfrentar a dura realidade do mundo, fugir de minhas responsabilidades futuras — comentou ele, balançando a cabeça para todos os lados.

— Podemos voltar, quem sabe mais velhos também, aí beberemos cervejas e jogaremos carteado — retruquei.

Kay sorriu, consentiu que não era uma má ideia, e pôs-se à frente, em busca de algum residente desocupado para questionar. Encontrou um velho, com um chapéu de palha na cabeça e um pedaço de feno entre os dentes, e aproximou-se dele amigavelmente, com postura e delicadeza:

— Olá, senhor, somos Cavaleiros do Sol Negro. Poderia nos ajudar com uma informação? — Ela se esforçou ao máximo para soar adulta e responsável.

— NÃO! — gritou o senhor, retornando gentileza com grosseria, cuspindo uma bola de catarro em seguida.

— Ok...

Em vez de ir atrás de pistas, passamos o restante do dia relembrando velhos tempos, escalando casas, tabernas e edifícios, ao lado dos gatos. Vimos, no horizonte, os aldeões correndo de um lado para o outro com tapetes, mesas, cadeiras, bandejas e chapéus, finalizando as decorações. Ergueram barraquinhas de comidas, reconheci algumas das comidas, maçãs banhadas em chocolate, espetinhos de carne suína, entre outras guloseimas. No centro da vila, paralelamente às casas, uma fogueira de um metro de altura, com galhos secos. Perto do anoitecer, alguns moradores varreram as sujeiras exacerbadas dos terrenos e vestiram-se com os chapéus de palhas. O festival iria começar a qualquer momento. Descemos sorrateiramente dos telhados, sentindo um pouco de culpa por termos sido completamente inúteis à tarde inteira.

Um homem gordo, vestindo um gibão farfalhante e calças coladas às coxas, bateu as mãos, exigindo a atenção de todos:

— Sejam bem-vindos ao Festival das Palhas de Jango. Como estaroste e investidor assíduo, fico muito feliz por encontrar tantos sorrisos em meio a essa multidão. Aproveitem!

O povo gritou e assoviou, erguendo as mãos ao céu, arremessando, juntos, dezenas de chapéus de palha, a fogueira se acendeu, e a festa começou.

— É hora de trabalhar. — Resignado em abandonar as festanças, sabia que precisávamos cumprir nosso dever, ao invés de apenas curtir a noite inteira. Mas, antes disso, uma paradinha para comer maçãs achocolatadas.

Com as maçãs perfuradas nos espetinhos, caminhávamos entre as multidões dançantes. Jorge havia nos dado algumas moedas anteriormente, caso quiséssemos comer, gastamos todas em poucos minutos com todo tipo de guloseima.

— Que tal nos separarmos? Sair perguntando por aí pelo suposto vampiro, as pessoas já parecem estar bêbadas, e o álcool tende a desenrolar a língua — sugeriu Kay.

Sozinho, atravessando as multidões, fitei um homem suspeito, encapuzado, com o pé direito apoiado numa parede, esgueirando para dentro de uma das vielas entre as casinhas. Corri em sua direção.

— Oi, senhor. Tudo bem? Chamo-me Jet, sou um Cavaleiro Negro investigando um suposto avistamento de vampiros, teria um tempo para convers... — O marmanjo girou o tronco em minha direção, cerrando as mãos. Na base dos dedos, diversos anéis reluzentes, e antes que eu pudesse terminar minha frase, acertou um golpe cruzado em minha mandíbula. Senti uma dor inquietante, como se tivesse deslocado meus ossos. Meu crânio encontrou o chão numa pancada; de lado, vi a multidão festejando e bebendo, enquanto eu era arrastado para a escuridão da estreita viela.

Recobrei meus sentidos, tentei me levantar, mas não consegui. Uma corda amarra meu torso a uma cadeira de madeira. A visão turva começava a normalizar, as imagens duplas se tornavam uma só, e uma silhueta alta me espiava. Era o tal do marmanjo. Com as mãos cruzadas, ele estalava os dedos, pronto para me golpear novamente.

— O que há? Porque me derrubou? — Cuspi um pouco de sangue no chão. Percebi que estávamos no interior de uma casa, pois havia uma pequena mesa com pãezinhos e papéis, e um corredor estreito dava até o que aparentava ser uma cozinha.

— De onde ouviu os rumores sobre vampiros? Garotinho, mostre-me seus dentes! — vociferou, levando as mãos até a bainha de um punhal estacionado em sua cintura.

Abri a boca exibindo todos os meus dentes, constatando o óbvio. Que eu não era um vampiro, comecei:

— Como falei, sou um Cavaleiro Negro, na verdade, um recruta, e estou aqui para investigar o aparecimento do vampiro. Fui até você, pois parecia suspeito, o do tipo que detém informações.

— Suspeito é um fedelho andando por aí perguntando por vampiros. Pensei que fosse um filhote de um, enviado para me matar — retrucou ele, revirando os olhos com as duas mãos na cintura.

— Suspeito é um bobão de túnicas escuras, se enfiando no meio de uma viela, com um gorro escondendo o rosto no meio de um festival colorido. — Admito, fui um pouquinho ousado demais para quem estava amarrado numa sala escura e sendo interrogado.

— Uma criança linguaruda, que legal. — Retorquiu, ironicamente. — Eu sou o homem que avistou o vampiro, o estaroste requisitou que eu ficasse de tocaia na viela, à espreita de um monstro. Ao invés disso, capturei um garoto idiota.

— Cara, você me apagou com um único soco só por eu ter pedido informações, não é bem a definição de gentileza. — Senti um dente levemente solto em minha arcaria. — Pode me soltar agora? Temos um objetivo em comum.

Livrou-me das amarras, rasgando-as com um único golpe de sua adaga. Pediu-me as mais sinceras desculpas, ofereceu água, e prontamente aceitei. Sentamos frente a frente em sua mesa, com o fogo das velas bruxuleando. Ele me contou sua história:

— Há cerca de um mês, avistei olhos vermelhos flutuando na escuridão, bem próximo de onde estamos agora, na fonte de Dyeaus. Ouvi um afinado grito, e os olhos desapareceram em poucos minutos. Corri atrás deles, temendo por minha vida, mas curioso. Tropecei no corpo de uma garota não mais velha do que você, com dois pequenos furinhos no pescoço. Por sorte, os sacerdotes conseguiram cuidar dela. Passei dias coletando babosas nas matas adjacentes, para um elixir apropriado. Nunca mais o vi, apenas sinto sua presença arrepiante, crepitando no escuro.

— Onde posso encontrar a garota? Seria útil termos a perspectiva dela.

— Os lábios delas se selaram. A princípio ela insistiu que não tinha sido atacada, dias depois, tudo que ouvimos escapar de sua boca foram grunhidos e muxoxos. Desapareceu de Jango há dois dias, sem avisar ninguém.

— Hmmmm. — Bati meus dedos sequencialmente na mesa de madeira, por fim, falei: — Vou me reagrupar com meus companheiros. Obrigado pelo soco e pelas informações. Adeus, Sr...?

— Sr. Nickolas... Capture-o, Jet, ficarei de olhos abertos também. Caso encontre alguma pista, irei até você. — Acenou com a cabeça, me guiando até a saída. As velas brilhantes incandesciam à noite, homens e mulheres dançavam juntos. Com as canecas coloridas em mãos, brindando e rindo sem vergonha de ser feliz.

Desci uma pequena escadaria e me intrometi na multidão empolgada. Combinei com meus amigos de nos encontrarmos na barraquinha de maçãs achocolatadas.

Eu os vi à distância, discutindo, e aproximei-me para ouvi-los:

— Esse lugar é lindo, queria que o resto do mundo fosse assim, não um poço de sujeira, tristeza, injustiça e corrupção — dizia Vennus.

— Até mesmo aqui, em meio a um festival alegre e descontraído, você pode encontrar tristeza. Não se esqueça que há um vampiro à solta caçando pessoas nas sarjetas.

— Não significa que não podemos tentar melhorar o mundo ao nosso redor. É isso que estamos fazendo agora, é isso que pretendo fazer pelo resto da minha vida. Pela minha mãe, por Jun, pelos injustiçados. Mas, às vezes, me questiono, de que, na luta por fazer o bem, me encontre fazendo o mal.

Eles se abraçaram. Kay, com a cabeça repousada em seu ombro. De soslaio, me avistou, e surpresa com a ferida aberta e sangrando em minha cabeça, correu em minha direção.

Após estancar o sangramento, rasgando um pedaço quadricular de minha jaqueta de lã, formamos um círculo e começamos a cochichar.

— O que aconteceu com você? Demorou bastante e retornou sangrando — perguntou Kay, passando a mão no meu rosto, buscando algum ferimento adicional.

— Não é relevante! — Birrei como uma criança. — Encontrei uma testemunha do ataque do vampiro. Há uma maneira de avistá-lo facilmente, seus olhos são escarlates e brilham na escuridão como velas.

— É relevante, sim. Como é que você sempre acaba machucando a cabeça? — Retrucou Vennus. Olhei de soslaio e Kay formava um bico, controlando-se para não explodir em risadas.

— Vocês são péssimos amigos. Argh! — reclamei, disparando em direção à taberna, envergonhado.

— Ei! Volta aqui! Estamos brincando. Vennus encontrou algumas moedas no chão, que tal pegarmos um docinho para você? E enquanto come, nos conte tudo. — Ela me rodopiou de volta ao círculo.

Sorri maliciosamente, aceitando a proposta, e contei-lhes tudo detalhadamente. Kay se irritou um pouco com o homem por ter me batido, mas não havia muito o que fazer. Eles me contaram sobre terem ficado boa parte da noite presos em uma conversa esquisita com uma moça chamada Riona; ela exalava o odor de álcool puro, e jurava com os dedinhos dobrados ter sido casada com um ogro. Reclamou que um príncipe baixinho a sequestrou dos adoráveis pântanos, no qual ela e seu marido construíram um lar. Para sua sorte, uma mercenária de cabelos cinzas a salvou no meio de uma trilha rumo à Mannheim, deu-lhe uma carona até uma taberna em Jango, onde ela reside todos os dias, bêbada e deprimida.

— Ao menos estou viva! — Ela gritava, entre soluços. — Diferente do amor de minha vida, que morreu perfurado por uma saraivada de flechas no peito antes de poder me defender daquele maldito baixinho.

— Só tem lunático aqui. — Era só o que consegui dizer, diante tamanha maluquice.

Voltamos para a taberna, buscando silêncio e calmaria. Ao invés disso, encontramos Jorge, Amus, Agnes e Marco em cima de uma mesa, jogando os pés para cima, junto às canecas em suas mãos, derramando o líquido para todos os lados, numa dança coordenada. Abaixo deles, nove barris de cerveja vazios e tombados. Arriamos a cabeça e corremos para nossos aposentos, para planejar uma forma de capturar o vampiro.

— Eu tenho uma ideia, é meio errada e louca, mas precisam confiar em mim.

Eles assentiram.

— Nos livros dos monstros, há poucas informações sobre vampiros, apenas que gostam de sangue humano, preferencialmente feminino, e que costumam agir ao anoitecer, nenhuma menção a olhos avermelhados. O que me indica que há maior possibilidade de estarmos lidando com um mutante, não uma aberração. Aí vem a parte esquisita do meu plano: esperamos até amanhã, quando a cidade esvaziar após o festival. Para que nossa armadilha funcione, usaremos Kay como distração. Na madrugada, uma donzela solitária zanzando pela vila, uma presa perfeita. Eu e Vennus nos esconderemos nos telhados das casas, e esperaremos o momento exato para cercar o suposto vampiro.

— Seu plano é um cocô de cavalo — respondeu prontamente Vennus, deitado em seu colchão.

— Não, não é — retrucou Kay, impaciente. — É um bom plano, afinal de contas, sou a única capaz de sobreviver a um ataque direto de um vampiro, vocês dois são meio fraquinhos, hehehe.

— Vamos dormir antes que os adultos bêbados venham nos importunar, vai saber do que são capazes. Não duvido que nos agarrem pela nuca e nos arremessem como pedras só por diversão. Amanhã colocaremos seu plano insano em ação — respondeu Vennus, quase fechando os olhos.

No dia seguinte, encontramos o restante de nosso esquadrão despojado em lugares diferentes. Jorge dormia no chão frio, encostado numa parede. Agnes e Marco roncavam em cima de uma mesa. Amus continuava a beber, e nos cumprimentou levantando sua caneca, ainda cheia. O taberneiro nos direcionou a um pequeno riacho coberto por musgos verdes. Peixes saltitavam da água cristalina, onde as crianças brincavam.

Lá, nos banhamos e aguçamos as pontas de nossas espadas com pedras de amolar. Vennus me ensinou sobre um tipo novo de árvore, os Juazeiros. Viviam em média cem anos, muito mais do que os homens, portanto, eram mais sábias do que Albertus. Suas folhas tinham pequenas cerrinhas, no frio, ao endurecer, as cerras ficavam levemente afiadas, sendo capazes de cortar nossos dedos, se fossemos descuidados.

Senti um arrepio percorrendo meu corpo. Imaginei os olhos escarlates crepitando por entre os arbustos, com as garras afiadas e os dentes pontudos, prontos para atacar.

Desviando olhares para a floresta ao redor do lago, grudei minhas mãos trêmulas no cabo da espada. Maldita ansiedade.

123 | A Vingança dos Injustiçados

# CAPÍTULO SETE

## NÃO ERA O QUE EU ESPERAVA

gachados e imóveis nos telhados, vigiamos a figura de Kay à distância, era cômica a forma que ela andava saltitando como uma donzela despretensiosa, com certeza estava se divertindo com a situação.

A lua cheia iluminava os arredores, mas uma névoa densa impedia-nos de enxergar muito, as Montanhas Enevoadas eram apenas silhuetas borradas para além do horizonte. Saltamos para outra casa, para uma visão privilegiada, abaixo de nós, ouvi cochichos e reclamações de uma voz feminina:

— Esses gatos malditos passam o dia inteiro pulando e namorando em cima de nossas cabeças.

Demos uma risadinha discreta e pulamos novamente, Kay se movimentava rapidamente, buscando os locais mais inóspitos e escuros por entre as vielas, colocando-se em perigo para atrair o vampiro. Meus joelhos doíam um pouco, a concentração e equilíbrio requeridos para não escorregar e espatifar no chão eram consideravelmente altos. Recordei-me daquela vez, há mais de um ano, quando saltei de um telhado para defender Kay e terminei com um galo na cabeça, esperava não repetir meu erro.

— Eiii, psiuuu, estão fazendo o que aí em cima? Posso subir, também? — Erguemos as cabeças, como pombos curiosos, em busca da origem da voz.

Marco, cambaleando para os lados, com um sorriso de ponta a ponta e uma caneca cheia de cerveja em mãos, apontava para nós.

— Psiuuuu, tô vendo vocês aí! — Em sua visão, estava sussurrando e sendo muito discreto, mas, na realidade, gritava espalhafatosamente.

Vennus arremessou-lhe uma pedrinha, que estava grudada no meio das telhas, e sussurrou:

— Sai daqui, estamos caçando o vampiro, Marco. Vá se embebedar em outro lugar, seu tolo.

Abatido pela rude sentença, ele praguejou:

— Por que estamos sussurrando? — Seu cérebro, consideravelmente mais lento, processou a informação e continuou: — Espera aí, vocês estão caçando um vampiro num telhado?

As gargalhadas poderiam ser ouvidas até mesmo por idosos em estado profundo de sono em uma vila vizinha.

— Nós estamos sussurrando, você não — respondi, acenando com a mão para que ele sumisse.

— Agnes, cadê você? Os recrutas estão no telhado, caçando um vampiro. — As lágrimas escorriam de seu rosto, tossia e engasgava-se em risadas. — Que saco, acho que estou sozinho. Bom, boa caça criançada!

Entregou uma piscadela torta com os olhos, e disse que confiava em nós para capturar o vampiro do telhado. Saiu rindo e tropeçando no chão barrento.

— Ele se graduou na Academia. Esse maluco, foi capaz. Os cavaleiros são piadas. Retrucou Vennus, com os punhos cerrados.

— Eu meio que gosto dele. Não fazemos ideia do que já viram em vida, não me impressiona aproveitarem um descanso bebendo em festivais, deve ser mais fácil do que confrontar a realidade enquanto sóbrios.

— Perdemos Kay de vista.

Saltamos e escalamos como ágeis felinos, até encontrarmos nossa amiga novamente, que ainda caminhava despreocupada, assobiando melodias alegres, sem nenhum vampiro à sua espreita.

— Eu espero que não encontremos mais distrações — falei, um pouco mais cedo do que deveria.

— Ali, eles estão ali. Agnes, você precisa ouvir o motivo de eles estarem no telhado. Ei, criançada, contem para ela. — Marco havia nos seguido, um bêbado cambaleante foi capaz de nos achar. Ao seu lado, Agnes.

— Não acredito nisso — resmungou Vennus.

Nosso plano estava fracassando por muito, afinal de contas, dois bêbados gritavam e apontavam os dedos para nós, rindo descontroladamente.

— Um vampiro, no telhado? — Ela se apoiava em seu amigo, para não cair no chão em gargalhadas. — Essas crianças são incríveis.

Ouvimos por muitos minutos as zombarias, até que se entediaram com a vista de duas crianças revirando os olhos e fazendo biquinhos com os lábios. À distância, Kay observava a cena, boquiaberta, sem a menor ideia do que estava acontecendo.

Aconteceu num milésimo de um segundo. Uma hora ela estava ali, coçando a ponta da cabeça, confusa. Outrora, um vulto agarrou-a pela cintura, desaparecendo na escuridão.

— A amiga de vocês acabou de ser capturada pelo vampiro do telhado, boa sorte! — Articulou Marco, um pouco antes de vomitar um líquido verde e Agnes o carregar no colo de volta à taberna.

— Boa sorte, crianças, sei que são mais do que capazes. — Ela disse, com o cavaleiro em mãos.

Descemos do telhado, aparando a queda com uma pirueta e arremessando-se na escuridão, em busca de quaisquer pistas que indicassem para onde o vampiro se dirigiu. Calçava uma bota, sem dúvida, as pegadas bem visíveis, apontavam à esquerda.

Seguimos, com as espadas presas à empunhadura, mas prontos para sacá-las a qualquer momento. Vennus tornou-se conhecido por seus reflexos rápidos, logo foi à frente, com os olhos premidos e as pernas firmes, em completo silêncio.

— Malditos bêbados. — Ele resmungou.

A trilha interrompeu-se num riacho, o mesmo que frequentamos anteriormente para nos banhar. As árvores se expandiam à frente, altas e com o brilho da lua refletindo os gotejos de chuva que desciam dos folhetos. Um péssimo momento para chover, Dyeaus.

Pequenos pedregulhos com musgos se formavam à beira, centenas de peixes pequenos balançavam-se para frente, seguindo a direção da água. Pisamos delicadamente, evitando pisoteá-los, encharcando nossas botas para atravessar, pois, do outro lado, havia mais algumas pegadas.

Os poucos gotejos que caem das nuvens, criam uma melodia inquietante. O vento uivava, sacudindo arbustos baixos ao nosso redor. Infelizmente, as pegadas cessaram. A imensidão de uma floresta desconhecida era nossa única esperança em encontrar Kay.

— Ela está bem, Cabeça de Ferro. — Vennus disse, numa tentativa de me confortar, pois percebeu minhas mãos trêmulas.

Hesitei ao imaginar os perigos que encontraríamos, caso seguíssemos mata adentro.

Não há outra opção, pensei.

Saquei minha espada, o aço reluzente e afiado me manteve um pouco mais calmo. Pressionei as duas mãos ao cabo, a arma centralizada em riste. Lentamente, caminhei em direção ao que poderia ser o fim de minha vida.

Averiguamos tudo que víamos, remexendo arbustos, procurando traços recentes de passagem, em busca de pistas. Nada indicava um caminho claro. Vennus segurava sua arma em uma mão e com a outra, acariciava todos os troncos que atravessamos, os observando carinhosamente.

A chuva se tornava espessa, e as gotas, mais constantes. Trovões ribombando em nossas orelhas, por sorte, aparentavam estar bem longe.

Imagino o que está acontecendo com a Kay. Um vampiro devora seu sangue. Não posso pensar nesse tipo de coisa, ela está viva, sei disso. Não, como poderia saber se está viva mesmo? Está morta. Ela confiou em nós, e agora está morta. Falhei de novo, assim como falhei com Jun. Malditos pensamentos.

Vennus, inquieto, irritado e sem a menor perspectiva de onde encontrar nossa amiga, golpeava o chão com chutes, levantando água de uma poça que se formava num pequeno declive do terreno.

Me debrucei sobre uma árvore larga, cortada pela metade, apenas com o tronco intacto, abaixei a cabeça e vi minhas mãos encharcadas e trêmulas, prestes a perder a pessoa que eu mais amava.

— Que saco! O que faremos? — resmungou Vennus, em péssimo humor.

— Não sei — respondi, choroso.

Senti, nos meus ombros, oito patinhas delicadas. Ergui-me, apoiado nos joelhos. Uma pequena aranha vermelha e com olhos grandes me fitava. Curiosa, rapidamente saltou rumo ao gume da espada, caminhando até a ponta em poucos segundos. Saltitou novamente, sumindo de vista. Os gotejos dificultavam minha visão, então esfreguei o antebraço em meus olhos, secando-os um pouco. Tudo ficou mais claro, o tronco repartido no meio à minha frente contava uma história interessante.

Desenhado com um facão, uma linha se estendia para baixo e para os lados, formando um desenho de um triângulo.

— Vê, venha para cá — falei, empolgado. Cabisbaixo e com a sobrancelha abaixada, eu o vi rastejar as pernas em minha direção.

— Preciso te dizer algo.

— Encontrei uma pista, vamos! — O traçado continuou formando um desenho facilmente reconhecível para quem passou horas ouvindo sobre astros e constelações de um velho durante o último ano.

A Constelação de Peixes. Abaixo dela, pouquíssimas pegadas se faziam visíveis, enquanto os gotejos as inibiam. Inútil era a tentativa de segui-las, em poucos momentos nem sequer existiriam. Mas se as pegadas e o desenho apontarem para a mesma direção... Corremos e pulamos sob obstáculos, seguindo as estrelas.

Uma gruta se formou adiante, um pouco isolada do restante da vegetação. As rochas negras na parte superior se assemelhavam aos dentes de um monstro, com o veneno saindo das pontas, graças aos pingos de chuva. A entrada, uma gigantesca boca. Péssima comparação, eu sei. Mas tudo indicava que caminhávamos em direção à boca de um monstro.

A Constelação de Peixes, estranhamente, se alinhava acima da Gruta. Um grito feminino percorreu as árvores, fazendo com que alguns pássaros voassem.

— É aqui — falei, com a espada em mãos, buscando a origem do grito, mas focado em nosso destino.

Tentamos ser os mais discretos possíveis, andando nas pontas dos pés, espremendo os olhos em meio à escuridão. Um declive, num ângulo assustador. Descemos de costas, temendo pelas nossas vidas. Se escorregássemos, morreríamos. Se fizéssemos barulho, morreríamos. Em um pequeno corredor de rochedos, retiramos as malhas metálicas do peitoral para nos contorcer entre as paredes espremidas. Atravessando-o, suspiramos em alívio, pois havia espaço de sobra para andar. O problema agora era que nossa única proteção seriam espadas e reflexos.

Vi um pequeno feixe de luz, advindo da esquerda. Acenei para Vennus e avançamos. Da pequena passagem por onde a luz vinha, ouvi grunhidos e gemidos baixos. Uma rápida espiada revelou um cômodo, com uma única vela pendurada nas extremidades dos rochedos. Um aglomerado de fenos formando um grande leito improvisado e ao fundo duas figuras. Kay estava com cordas ao redor de todo o corpo, completamente amarrada e imóvel no chão. Um desconhecido se erguia ao lado dela, vestido com uma capa vermelha que descia até seus calcanhares.

— É definitivamente aqui — sussurrei.

Uma voz se espalhou entre as rochas negras. Grossa e ríspida. Seu timbre era calmo e melódico, evocando um quê de nobreza. Também era sinistra, pois esgueirava-se até o fundo de sua alma, com sua rouquidão atípica.

— Adentrem meus cômodos. Sei que estão aí, desejo apenas conversar.

— Mas que diabos... — sussurrou Vennus.

— Então por que nossa amiga está amarrada? Solte-a, e conversamos em paz e harmonia — respondi, certo de que era uma armadilha.

O homem se virou, escondendo as duas mãos atrás de suas costas. Caminhava com as pernas perfeitamente alinhadas, como um nobre. Era um pouco mais alto que nós, mas infinitamente mais macabro. Fitei seus trajes, os pés calçados por meias longas e botas altas, das pernas, uma calça de lã enfeitada subia. Seu gibão de seda, cobrindo do pescoço ao quadril, as mangas drapeadas em um vermelho vívido.

Caminhando em nossa direção, sua silhueta se tornava mais e mais aparente, revelando, por fim, seu rosto. Me surpreendi, pois era apenas um garoto, não muito mais velho que nós, tendo no máximo dezesseis anos. Sobrancelhas arqueadas, a testa larga terminava num queixo afinado, todo sujo de terra. Os olhos avermelhados assustavam à vista, mas sua expressão era doce.

— Não posso soltá-la, também não posso me aproximar muito mais. Só desejo conversar.

— Você podia ter assobiado para nós, não existia a necessidade de sequestrar nossa amiga — respondi, um pouco irritado, saindo das sombras, revelando-me para o inimigo.

O garoto deu um passo à frente, mais confiante de que estava em controle da situação. Torci para que ele se aproximasse mais, e devia estar com sorte, pois foi exatamente o que ele fez.

— Agora — sussurrei para Vennus, que se mantinha oculto nas sombras.

Vennus arremessou uma pedra gigantesca em direção ao vampiro, que prontamente esquivou com seus reflexos rápidos. Corri como um guepardo e saltei com a espada projetada para cima, o golpeando, enquanto ele se focava em desviar da saraivada de pedras. Infelizmente ele foi mais veloz que eu, e meu aço encontrou uma adaga curva, retirada de seu cinto.

Junto à arma, muitos sacos de camurça pequenos preenchidos com um conteúdo desconhecido. Após desferir meu golpe facilmente, o vampiro chutou minha perna esquerda, me desequilibrando, recuei para trás, antes que sua adaga dilacerasse meu pescoço.

Vennus surgiu da escuridão, com a espada projetada para cima, avançou. As armas se chocaram, o estalo metálico fez com que dezenas de morcegos, que antes se escondiam nas frestas da caverna, batessem em retirada.

Atacamos juntos, cada um de um lado, visando atacar as pernas do garoto vampírico. Saltou por cima de nossas espadas, e com uma pirueta rodopiou para nossas costas. Fez um semicírculo com seu punhal, exibindo um sorriso arrogante em seus lábios.

— Garotos, eu realmente não quero lutar, mas se insistem... — Arfou, empertigando seu corpo. Agarrou uma das sacolas de camurça e arremessou-a em nossa direção.

Ela se desfez numa explosão contida. Espalhando um tipo de pó em nossos corpos, com a visão completamente tampada, balançamos nossas espadas para todos os lados, desesperados em abater nosso oponente.

O vampiro atacou a rebordo, acertando minhas costelas. Caí para o lado, e Vennus desviou-se de mim por muito pouco. Com os olhos ainda levemente cegados, ele atirou-se ao inimigo, cravejando sua espada na coxa direita.

— Argh! — O vampiro suspirou. A espada atravessou seus músculos, com o gume entrelaçado à sua perna e a ponta fixada ao chão.

Vennus tentou desprender sua arma para mais um ataque, mas antes que pudesse reagir o vampiro agarrou-lhe pelo pescoço, erguendo seu corpo do chão como um saco de batatas irrelevante. Os pés de meu amigo se contorciam, buscando algo sólido para se equilibrar. O rosto exibia a forma mais pura de agonia, com grunhidos e gritos desesperados.

Girei o corpo, com as asas dos morcegos bruxuleando acima de mim, e desferi uma sequência de lufadas rápidas. O vampiro encontrou dificuldade para desviar, então arremessou Vennus a três palmos de mim. Pude ver os pequenos cortes se formando em seu corpo, conforme meu aço rasgava seu gibão exuberante.

— Já é o suficiente. — Ele vociferou.

Olhei para trás de nosso inimigo. Kay desacordada e amarrada, de costas para nós. Não, Kay está morta. Minhas mãos tremularam, tentei imaginar a tal pena de Albertus, mas não consegui me concentrar. Fiquei tonto, e quando me dei conta, estávamos os dois, desabados e desarmados, a sola da bota do monstro, empurrava meu peito para baixo.

— Interrompam essa loucura. Não desejo brigar.

— Você capturou e matou nossa amiga. — Rosnei, me debatendo no chão, tentando me soltar.

Olhei para Vennus. na ponta de uma de nossas espadas estava posicionada em sua garganta e, um pouco de sangue gotejava. Vi o medo em seus olhos, conforme ele engolia em seco.

— Primeiramente, ela está viva. O salto lógico em assumir que ela estava morta é absurdo. Não deixe o medo guiar seus pensamentos. Só a desacordei, porque ela me encheu de mordidas, veja aqui. — O vampiro puxou o gibão, revelando mordidas nos braços.

Ele recuou, deixando sua guarda bem exposta e nos livrando do perigo. Sem medo de retaliações, agachou-se no meio de nós, sentando no chão, arremessou a espada de Vennus em minhas mãos, senti sua respiração forte, conforme ele se aproximava.

— Antes de ousar um contra-ataque, ouçam-me. Preciso de vossa ajuda. Venho de um reino muito distante, para lá das Montanhas Enevoadas, em Edênia. Meu pai era um mero cozinheiro e minha mãe uma herbalista habilidosa. Fui seu primeiro e único filho. Sou humano, assim como vocês.

— Você é um vampiro — gritei raivoso, considerando abatê-lo enquanto sua guarda estava baixa.

— Não sou, não creio que seja, pelo menos.

Vennus reagiu, roubando a espada de minhas mãos e arremetendo-a em direção ao crânio do vampiro, que, por sua vez, desviou a trajetória do ataque, agarrando o antebraço de meu amigo pelas mãos, erguendo-o para cima.

— Eu vejo a tristeza através dos seus olhos. Você é como eu, um ser desprezado e injustiçado. — A arma desabou, causando um som metalizado a percorrer por toda a gruta.

Incapazes de reagir, ouvimos sua história.

— Meu nome é Bair. De onde eu venho, olhos vermelhos são um sinal de má sorte, um totem do azar. Quando eu era criança, uma praga atingiu as plantações de todo o reino, desesperado por um culpado, o Rei encontrou em meus olhos um motivo para escapar da insatisfação dos seus súditos. Meus pais me abandonaram prontamente a mando do Rei, sem nem sequer questionar sua autoridade. Fui jogado fora, como um objeto, numa carroça para qualquer lugar. Matei o condutor, enforcando-o com minhas mãos, e com seu sangue brilhando em meus dedos, considerei se não era realmente um monstro por me sentir tão aliviado. Vaguei por anos em diferentes vilas, florestas, montanhas e tabernas, apenas para ser expulso de todas, por ser uma aberração de olhos vermelhos, um presságio de desgraças. Há poucas semanas, cheguei em Jango. Lá, eu conheci uma garota. Ela sorriu ao me ver, não correu em desespero imediato. Ninguém jamais agiu de tal forma. Me aproximei dela, conversamos, saímos, bebemos, beijamos e nos apaixonamos.

— Mas o que está acontecendo... — sussurrei para Vennus, confuso.

— Eu não tenho a mínima ideia. — Ele retrucou.

O garoto continuou, sem prestar muita atenção em nós:

— Sempre nos encontrávamos de madrugada, para nos esconder de retaliações, um relacionamento oculto em nome do medo. Numa bela noite, após uma de nossas saídas noturnas, um imbecil nos avistou na fonte esculpida com o rosto de Dyeaus, próxima ao centro da vila, enquanto saía de uma taberna. Rosnou como um cão e correu em nossa direção, com os olhos furiosos e cuspindo asneiras de que eu era um vampiro. Ela sorriu para mim e me disse para fugir o mais rápido que podia, entendendo o que aconteceria caso alguém mais o ouvisse. Eu corri, e quando olhei para trás, o imbecil havia pisoteado o pescoço de minha garota, enquanto me perseguia.

Me escondi aqui, marquei com rudimentares desenhos nossa constelação favorita, nas árvores perto ao riacho no qual deitávamos na grama para olhar as estrelas. Desde então, nos escondemos nesse local horrível.

— E onde está sua amada? — perguntou Vennus, com a voz relaxada.

— Assumo que ficou na cidade um tempo se recuperando das suas feridas. Alguns dias depois do ocorrido, encontrou minhas pistas, se escondendo nessa gruta asquerosa comigo. Fugiu ao ver que sequestrei a amiga de vocês. — Retorquiu, cabisbaixo.

— E por que você atacou nossa amiga? — indaguei, tentando juntar as pecinhas desse quebra-cabeça.

— Eu o vi tramar com o imbecil para me matar. — Apontava o dedo para mim. — No telhado, vocês estavam me caçando de uma maneira nada sutil, devo agregar. Sequestrei sua amiga para convencê-la de que estavam do lado errado, que mentissem para o maldito, me ajudassem a escapar com minha amada. No entanto, ela simplesmente não calava a boca, não desistia de me atacar por sequer um momento, e que movimentos rápidos! Era uma questão de tempo até ela se desvencilhar das cordas e me atacar. Não é um acaso estarem aqui, o destino os trouxe. Ajudem-me, por favor.

— O que precisa que façamos? — perguntou Vennus, se aproximando do ex-vampiro, tocando sua mão gentilmente.

— Vê, não pode acreditar nele, pode ser uma mentira. Vampiros são seres ardilosos... — retruquei, chacoalhando seus ombros.

— Você mesmo disse, vampiros não têm olhos vermelhos. Ele é um garoto que foi humilhado a vida inteira, está falando a verdade, como não consegue enxergar?

Girei sobre meus calcanhares rapidamente, erguendo-me até onde minha espada estava. O silêncio dominava o ambiente, todos os morcegos já fugiram, éramos só os quatro naquela gruta úmida e tenebrosa.

Direcionei meu aço ao inimigo, lancei lhe um olhar duvidoso e rebati:

— E as marcas no pescoço dela? Muito cômodo ela não estar presente, sendo a nossa única testemunha de sua inocência.

— Não há marcas em seu pescoço. — Ele suspirou, jogando os longos cabelos loiros para trás. — As pessoas acreditam no que querem ver, se o ódio já tomou forma em seus corações, os olhos veem apenas o que for conveniente.

— Nós vamos ajudá-lo — anunciou Vennus, sem consultar minha opinião, conforme empurrava o cabo da espada para longe do vampiro com as mãos nuas.

Ouvi vozes atrás de nós. Olho de soslaio, uma silhueta mais baixa e encorpada e outra mais alta e ameaçadora. Reconheço uma, o Sr. Nickolas.

— Seus traidores, também são vampiros traiçoeiros, tenho certeza. — Ele gritava, prendendo as mãos violentamente nos ombros da outra pessoa.

— Meu amor. — Bair bufou. A única tocha no ambiente se encontrava atrás dele, delineando bem sua encorpada silhueta.

A figura da garota se tornou mais clara. Cabelos lisos desciam até sua orelha, num corte curto e deveras moderno. Seus lábios carnudos contorciam de dor, e de seus olhos azulados como uma lagoa, escorriam lágrimas.

— Eu sinto muito, Bair, ele estava seguindo os garotos, me encontrou na saída. Eu sinto muito, meu amor. — Ela dizia, com os fios loiros encobrindo o rosto envergonhado.

Os estrondos abafados dos trovões do lado de fora da gruta deixavam o clima mais tenso do que já estava. Eu afagava o suor de minha testa com as mãos trêmulas.

— Está tudo bem, nós vamos dar um jeito. — Ele gritava para sua amada, tentando confortá-la.

Nickolas agarrou-a por trás, apontando seu punhal na região do pescoço. Com as mãos firmes, livre de hesitações, ele sibilou:

— Calem a boca, seus vampiros desgraçados. Confiei em você, garoto, e fui traído.

— Senhor Nickolas, você vê alguma marca no pescoço da garota? Tenho evidências que suportem a ideia de ele não ser um vampiro, apenas um garoto com mutações raras nos olhos.

— Não há nada em seu pescoço, mas isso não significa nada. O ataque foi há poucas semanas, a mordida deve ter sarado. Essa garota contou-me tudo, apaixonou-se pelo vampiro. As dissuasões do amor cegam.

— Eu não sou um vampiro, seu tolo. Eu sou uma vítima das suas conspirações. — Rosnou Bair. — Você quase quebrou o pescoço de minha amada, e agora me culpa por um ataque que jamais aconteceu.

— Mentiras! — Ele gritou, agarrando a garota com força.

Vennus encaminhou-se para o lado de Bair, pegando sua espada do chão e apontando em direção ao homem:

— Jet, esse homem está delirando.

— Nickolas, deixe a garota ir e podemos discutir, não há necessidade de reféns, ela está chorando de medo. Deixe-a ir — disse, andando em direção a ele, com as mãos para baixo, sem o menor sinal de agressividade.

Nickolas arqueou-se para ver o rosto da garota, assustou-se com e a largou rapidamente, repetindo várias vezes:

— Sinto muito, garota.

Era visível que ele não tinha a intenção primária de machucá-la, apesar de já ter o feito. Estava confuso, mas tinha convicção de que estava certo na suposição vampiresca.

— Precisamos lhe entregar para um sábio ou um estudioso da anatomia humana, para que ele possa dar um prognóstico de que é inocente — retruquei, virando-me para a dupla. A garota corria para os braços de seu amado, grudando-se ao seu peito, balbuciando.

Nickolas concordou comigo. Finalmente encontrei um meio termo para essa discussão quase fatal.

— Eu não posso fazer isso, garoto. Você sabe que tipo de experimentos eles vão fazer comigo? Sabe do que a curiosidade é capaz? Não sou um ratinho para abrirem meu estômago em nome do avanço. Só há uma opção, deixe-me fugir com ela.

Nickolas discordou. Erguendo seu punhal, expirando e inspirando calmamente, com os olhos fixos em seu inimigo, dizendo:

— Isso não vai acontecer.

— Então vamos ter que eliminá-lo. — Bair desacoplou sua capa, e ondulando com o vento, ela caiu no chão.

— Estão preparados para serem enforcados por traição, garotos? Esse monstro revelou sua faceta, recusando a se entregar, anunciando que matará inocentes sem remorso.

A garota recuou para trás, levando as mãos aos olhos, tampando sua visão da chacina que estava por acontecer.

— Jet, o que está fazendo? — gritava Vennus, enquanto via eu me alinhar com Nickolas.

Não achava certo matar nenhum dos dois, constatei que seria capaz de contornar a situação se capturássemos o suposto vampiro. Albertus o examinaria e em poucos minutos anunciaria a verdade absoluta. O garoto é inocente, não há sangue vampiresco em suas veias.

— Não há necessidade de violência. Bair precisa ser examinado por Albertus. Sei que ele não é um vampiro, mas neste caso, por mais decepcionante que seja, ele precisa provar — gritei de volta, torcendo para que meu amigo ouvisse a razão.

— Você me diz que não há necessidade em violência com uma arma em mãos. O suposto vampiro é apenas uma vítima das maluquices dos fanáticos que buscam cabeças para enfileirar nos salões dos burgueses. — As veias saltavam acima de seu nariz, enquanto ele rasgava o ar com sua espada, inconformado.

Os trovejos ficavam mais altos a cada instante.

Ouço passos. A garota. Escuridão total, o que diabos aconteceu? Um grito. Nickolas. O silvo de uma espada. Sinto um calor gosmento escorregando em minhas costas. Sangue. Luz. Atrás de mim. Bair e sua namorada. A tocha em possessão deles. Sangue banhando o gume da adaga. Fugindo. Um corpo desabado. Nickolas. Escuridão total.

## CAPÍTULO OITO

# O QUE QUERIA ME DIZER NAQUELA NOITE?

onte-me o que aconteceu novamente, não sei se entendi direito.

— Ok, ok. Os seus amiguinhos chegaram na taberna distantes e tristonhos. Jet carregava você no colo sem a menor dificuldade, apesar de ser bem mais alta que ele. Informação desnecessária, né? Desculpa. — Agnes, com seu pescoço enorme, balançava a cabeça para todos os lados, tentando sua melhorar dramatização dos fatos. — Chegaram ao comandante choramingando, ele os repreendeu, dizendo que pouco se importava com o assunto do vampiro, estava de férias. "Se o vampiro não vai atacar de novo, não ligo", eram suas exatas palavras. Ah! Supostamente vão levantar uma estátua com o nome do homem que estava com seus amigos, Pedro, o nome dele, ou algo do tipo. É isso!

Fugimos da gruta, carregando Nickolas e Kayla respectivamente, ficamos em silêncio durante o percurso de volta à trilha, não sei se estávamos apenas chateados um com o outro ou chocados mesmo com o desfecho de nossa missão.

Os habitantes levaram Nickolas para um curandeiro, que falhou em salvar sua vida. Suas últimas palavras enquanto engasgava em sangue foram:

— O vampiro.

Estava morto por um erro nosso. O peso de uma vida é doloroso. Meu corpo tremia, absorvendo a culpa e vergonha. Na taverna, requisitei que o capitão me ouvisse, e ele chacoalhou os ombros e comentou:

— Quaisquer decisões difíceis que tiveram de tomar, já foram tomadas. O vampiro está longe de Jango? Se acenarem positivamente, estou satisfeito com o desempenho de vocês.

Com desgosto, acenamos positivamente. Jorge estapeou o topo da nossa cabeça duas vezes e sumiu de vista.

Kay percebeu que estávamos distantes, possivelmente brigados, pois por dois dias de viagem, mal trocamos palavras. Primeiro veio até mim, me questionando os ocorridos, já que ela passou boa parte deles sonhando. Não contei nada, não estava muito afim de conversar sobre. Vennus também manteve seus lábios selados. Não lhe restou nada além de questionar os adultos.

— Os seus amiguinhos. Brigados? — indagou Amus, enquanto lavava o gume de sua espada com um pano de lã.

— Creio que sim — respondeu ela, duvidando se fez certo em pedir ajuda de Agnes e Amus.

— Certo. — Ele resmungou.

Já estávamos viajando há alguns dias. O conforto da taberna sumiu, e em seu lugar, veio o desconforto de um acampamento improvisado. Amus rodopiou sua espada, guardando-a na bainha num único movimento. Veio em minha direção, furioso como um javali. Agarrou-me pela nuca numa guinada só. Me rastejou pelo chão, impotente, tentei me desvencilhar, balançando meu tronco para todos os lados. O único resultado disso foi meus trajes se rasgarem. Conformei-me com a situação, quando percebi que ele havia feito o mesmo com Vennus.

Com uma criança em cada braço, ele nos empurrou para perto, fazendo com que nossas costas se batessem. Então, ele nos amarrou com uma corda resistente, e para piorar, estávamos completamente grudados um ao outro. Uma vergonha.

— Brigados? — Ele questionou, inclinando a sobrancelha.

— NÃO! — gritamos juntos, deixando muito claro nossa indignação.

— Sim. Brigados — suspirou, enquanto zanzavam de um lado para o outro, penteando sua barbicha com as mãos. Seus olhos arregalaram, sorriu maliciosamente.

O que será que esse maluco vai fazer?

— Presos, até se desculparem. São irmãos. — Acho que foi a primeira vez que o vi esboçar tantas empolgações.

— Solte-nos, seu patife! — Vennus gritava, se contorcendo comigo.

Amus levantou uma das pernas, acertando um pontapé na mandíbula de meu amigo, fazendo com que ele cuspisse sangue no chão. Kay desviou o rosto e mordeu os lábios.

— Presos, até se desculparem. — Ele repetiu, abaixando seu pé de volta ao chão.

Ficamos por horas reclamando e resmungando de nosso pífio castigo. Nada parecia surtir efeito. Kay pediu desculpa e nos serviu com bolinhos deliciosos.

— Você realmente precisa começar a prestar mais atenção aos seus arredores, Kay, não deixar a confusão ou o ódio a distrair — dizia Agnes. As duas estavam bem longe de nós. Achei cômico a maneira que ela se pendurava numa árvore, esforçando-se para atingir o topo, com um único objetivo em mente: acariciar a pequenina cobra esverdeada que se escondia nas folhas.

Dormimos, com as cabeças apoiadas, numa das posições mais desconfortáveis de todos os tempos.

— Minhas costas doem — falei, tentando soar o mais fofo e infantil possível.

— Problema é seu — retrucou Amus, com mais um sorriso malicioso, que estava começando a ver um padrão surgir.

— Quais são as condições para você desamarrar as cordas da gente? — perguntou Vennus, tentando erguer os dedos para coçar a perna.

— Um abraço. — O padrão do sorriso malicioso se repete.

Gargalhamos. A sola de sua bota encontrou a barriga de cada um.

— Tive um irmão, vivi boa parte de minha vida ao seu lado, roubando armazéns e cabarés por todos os reinos. Um dia, nos desentendemos num dos roubos, e acabamos presos em Mannheim. Nossa união era nossa força, e o mesmo acontece com vocês três. Desunidos, são fracos.

Pedi desculpas a Vennus por ter levantado a espada em sua direção e prometi que isso jamais aconteceria novamente. Vennus desculpou-se, disse que deveria ter confiado em minha intuição, apesar de suas desconfianças. Kayla desamarrou as cordas e nós três nos abraçamos.

Ao anoitecer, sentamos ao redor de uma fogueira que Agnes acendeu. Curioso para o desfecho da história de Amus, perguntei:

— E o que aconteceu depois? Com você e seu irmão?

— Matei ele — anunciou com os olhos fixados em mim. Um arrepio percorreu meu corpo.

— Não sei por que vocês perguntaram — retrucou Kayla, com imensa sabedoria.

— Ok, então... O que queria dizer naquela noite? — perguntei, me virando para o lado de Vennus, mudando o foco da conversa.

— Nada, Cabeça de Ferro. — Ele sussurrou de volta.

...

Enfim, no terceiro dia de viagem, retornamos a um cenário familiar. Atravessamos os Terços Superiores de Mannheim. Havia poucas pessoas nas ruas, mas o que caminhavam, pareciam felizes e despreocupados, os homens com seus gibões pomposos e chapéus pontudos. As mulheres, com longos vestidos tão complexos e cheios de apetrechos, que aparentavam extremamente desconfortáveis de usar embaixo de um calor maçante. A arquitetura do Terço Superior era invejável, vibrante, moderna e bela. Os edifícios eram um deleite aos olhos, aparentavam sair diretamente de um livro de artes conceituais. Havia parques, para todos os lados, e era raro encontrar quaisquer vestígios de lama ou sujeira. Os policiais estacionados perto de vielas, observavam os movimentos da rua, com as sobrancelhas para baixo, numa expressão severa.

— Os Terços Superiores são lindos.

Concordei com Kayla, era preciso se esforçar muito para não encontrar beleza nessa parte da cidade.

— Construído pelo sangue e suor dos Terços Inferiores — resmungou Vennus, com razão.

O Sol estava no zênite. Levantam-se no horizonte diversos edifícios, entre eles, museus, livrarias, tabernas cintilantes, casas de alfaiates, mansões gigantescas com muralhas, herbalistas, cafeterias, fornalhas, lojas de especiarias e até mesmo barbeiros. Conforme a carroça descia pela avenida principal, alcançamos um portão tão alto quanto as muralhas das mansões. Alguns polícias postos, com suas vestimentas brancas e linhas azuis, seguravam papéis diversos em uma mão, e lanças na outra.

— Permissões para atravessar os portões, por gentileza. — Um deles respondeu, com um único dedo em riste, e um olhar de desprezo.

— Aqui está. — Jorge retrucou, quase arremessando o papel no peito do homem.

Após uma minuciosa investigação no documento, ele retomou:

— Certo! Tentem não causar brigas, seus selvagens.

Jorge rosnou, e o homem recuou, temendo ter sua cabeça separada de seu corpo.

Adentramos os Terços Inferiores. Lá, a situação era menos gloriosa. Centenas de pessoas saltavam de um lado para o outro, em pequenas ruas mal pavimentadas e banhadas em lama. Cada indivíduo com um semblante mais deprimido que o outro, pareciam tão ocupados e absortos em seus próprios pensamentos, que nem sequer nos notaram. De brilhante, as tabernas do Terço Inferior não tinham nada. As casas cresciam paralelamente à avenida principal, dezenas delas se aglomeravam em pequenas vielas, parecia que, se mais uma entrasse ali, todas as outras iam explodir. A situação era realmente precária, algumas não tinham telhados, outras faltavam janelas, era uma mudança de cenário assustadora e discrepante. Edifícios dedicados a estabelecimentos comerciais eram raros, em compensação havia feirinhas com diversas carroças vendendo todo o tipo de coisas.

— Isso é deprimente. — Abatido e inconformado, Vennus cerrava os punhos.

Ouvi uma discussão vindo de algum lugar do caos que eram as feirinhas.

— Óleo rejuvenescedor! É só aqui! Reconquiste o seu esposo que lhe trocou por uma mais nova, venha conhecer os nossos produtos! — Uma voz masculina e irritante, berrava como um bode.

— Ei, isso é machista!

— Isso é o quê?

Seguimos nossa viagem e, em poucas horas, chegamos ao nosso destino. A Academia era como um castelo maléfico para quem sabia a realidade dos recrutas, mas para os viajantes desavisados, um monumental símbolo da supremacia de Mannheim. Erguida com o suor dos Cavaleiros Negros, as muralhas se estendiam. Nosso esquadrão recebeu uma carta com um selo irreconhecível e desapareceu com todos os cavalos antes que pudéssemos nos despedir.

Adentrando o salão, avistamos centenas de adultos. Cada um trajado de maneira distinta, com seus chapéus, gibões, malhas, manoplas e toucas em diferentes tamanhos, cores e estilos. O que os tornava um grupo uniforme era o Sol Negro costurado em suas vestes. Avistei Carthen, Pola e os outros recrutas graduandos, vivos e saudáveis, perdidos na multidão.

Acenei para eles, nos abraçamos e compartilhamos nossas missões, evitando o mórbido detalhe de termos fracassado. Pola e Carthen permaneceram em Mannheim para reforçar as defesas da cidade contra os insurgentes terroristas que aumentavam a cada dia. Nos contaram que o descontentamento com o Rei Usurpador subia a cada dia, tensão e incerteza pairavam o ar, conforme o Rei ordenava que seus cavaleiros fossem mais incisivos e violentos.

O salão fora decorado com enormes bandeiras negras com listras brancas nas extremidades. As mesas enfeitadas com panos escuros e canecas de vidro, com um líquido avermelhado. Três figuras, enrugadas e com trajes eruditos, se destacavam no degrau mais alto do salão. Levantaram as mãos, e a multidão formou um círculo ao redor deles. O conselho.

Os membros oficiais do Conselho eram: Garett Hudd, Orlinda Braun e Claus Ebster. Eu sei que as pessoas são importantes quando têm sobrenomes.

Orlinda Braum, a lendária lanceira com mais de duzentas mortes, ordenou que todos sentassem nas mesas a não ser os recém-formados. Atrás de nós, uma parte considerável da força militar de Mannheim, os melhores dos melhores.

— Essas crianças são as espadas, as lanças, os escudos que carregam o futuro de nossa instituição. Ergam suas canecas, um brinde aos corajosos.

Fitei Albertus, que sorria empolgado em minha direção, mostrando os dentes amarelados.

— Viva! — A multidão gritou num coro único, bebendo o líquido com o vigor e velocidade de uma lebre.

O conselho chamou os recrutas nome a nome para subir no palco improvisado que havia se tornado o salão.

— Carthen do Sol Negro, se aproxime. — Primeiro, nos ajoelhamos perante os sábios do Conselho. Segundo, abaixamos a cabeça para a medalha abraçar nosso pescoço. Terceiro, beijavam nossas testas e nos entregavam espadas de altíssima qualidade.

— Pola do Sol Negro, se aproxime. — Além de medalhas, armas afiadas, vestimentas apropriadas e um salário mediano, ganhamos um sobrenome honorário da Academia, reconhecível e respeitoso. Agora éramos filhos do Sol Negro de Dyeaus.

— Vennus do Sol Negro, se aproxime. — Eu o conheci há um ano, e considero-o melhor amigo, além de Kay, obviamente. Cresceu muito desde que chegamos à Academia. O garoto das frutas se tornou um homem sério e habilidoso com a espada. Enchi meu peito de orgulho ao vê-lo recebendo merecidamente os frutos de seu esforço.

— Digníssima Kayla do Sol Negro, se aproxime. — Minha irmã. A melhor pessoa que já existiu. Uma formidável guerreira, vencia facilmente metade desse salão, sem dúvidas. Suas madeixas ruivas haviam crescido tanto, assemelhavam-se à juba de um leão. Eu daria minha vida pela dela sem titubear.

Jet do Sol Negro.

O restante da noite foi banhado em gritos empolgados, danças, barris de cerveja, garrafas de vinho, pães, ensopados de mariscos, jargões bregas, tapas e discussões acalentadas sobre os mais diversos assuntos. Os adultos nos mandaram dormir, e a farra ficou mais alta e espalhafatosa. Talvez a celebração fosse mais para eles do que para nós, considerando o quanto estavam se divertindo.

— Enfim, você se torna um Cavaleiro, pequenino Jet! — Albertus veio em minha direção, cortando as fileiras de bêbados e recrutas, para me parabenizar pessoalmente.

— Sem você, nada disso seria capaz. — Estiquei as mãos em sua direção, fazendo um gesto amigável.

— Você é muito humilde, garoto. Mas foi com suas próprias forças que chegou até aqui. — Nos cumprimentamos com um caloroso abraço.

Antes que ele pudesse continuar, meu grupo de amigos apareceu para interromper nosso momento:

— Olhem aqui! Já, já vocês vão me fazer chorar, essa festa não pode ser algo triste! — argumentava Kay, com desenvoltura espetacular.

— Sugiro, então, um brinde a vocês! Meus pequeninos Cavaleiros Negros!

— Um brinde! — Nós gritamos.

Kayla, Vennus, Albertus, Carthen, Francisca e Pola eram minha família, não havia a menor dúvida disso.

Erguemos nossas taças e bebemos o conteúdo alaranjado dele, torcendo para que não tivesse nada de ilegal nele.

— Eu lhe vejo amanhã, velhinho! — retruquei, sorrindo.

— Espero que sim. — Ele respondeu, melancólico, com a cabeça inclinada para baixo.

Nos aposentos, visivelmente mais vazios em comparação ao primeiro dia, dormimos. Os cinco, cobertos de pano para espantar o frio, cada um em seu colchão.

— Eu amo vocês. — Vennus disse.

— Isso é bem óbvio, Vennus. — Kay retrucou, socando seu ombro.

— Também amo vocês, e nem ouse me socar, estou com os músculos doloridos. Ser alvo recorrente de tomates podres é mais doloroso do que vocês imaginam — resmungou Carthen.

— Obrigada por terem me ajudado chegar até aqui, espero que eu não os desaponte. — Cabisbaixa, Pola acariciava seu anel preso ao peito.

— Eu também amo vocês. Boa noite. — Foram minhas últimas palavras, antes de cair no sono. Se ronquei à noite, houve um motivo: não tive pesadelos.

O dia mais feliz da minha vida se encerrava.

## CAPÍTULO NOVE

# A VINGANÇA DOS INJUSTIÇADOS

cordei antes de todo mundo. Na ponta dos pés, me dirigi até a saída. Tive que atravessar os corpos jogados no chão; os bêbados não escolhem lugar para dormir, apenas se deitam onde os olhos mandarem. Precisava ser silencioso.

Há anos que enceno esse dia em minha cabeça. Há anos que me esgueiro entre as frestas úmidas do chão da Academia, estrategicamente me assegurando de que tudo correria da maneira correta.

Alcançando o salão, esgueirei-me rumo à cozinha, onde comi as migalhas de um bolo de maçã. Tudo parecia nos conformes, então segui com o plano.

Visitei o pátio antes. Quando eu era uma criança, a noite estrelada sempre acalmou minha mente. Fechei meus olhos e respirei profundamente.

Em direção ao salão, mais uma vez.

A luz da biblioteca estava acesa. Não é possível. O que o velhinho gagá estava fazendo acordado uma hora dessas, ele com certeza seria um empecilho. Suspirei, decepcionado, e furtivamente fui até o cômodo mais ignorado de toda a Academia.

— Quem está aí? — perguntou Albertus, como sempre, um passo adiante de fúteis tentativas de furtividade.

— Sou eu, velhinho.

— Sinto tristeza em sua voz. O que está fazendo acordado uma hora dessa? Volte a dormir, suplico-lhe. — Ouvi seus passos ficando mais altos, caminhava em minha direção.

Os corredores estreitos da Biblioteca favoreciam combatentes que gozavam de reflexos rápidos e proficiência em embates de curta distância. Atentei-me, espremendo os olhos, buscando a figura debilitada do velho.

— Albertus, por favor, você precisa me entender — retruquei, com as mãos na empunhadura, pronto para sacá-la.

— Eu lhe entendo, garoto. Conheço a sua dor. Mas isso não significa que posso deixar que siga com essa loucura. Te observei esse tempo inteiro, minha suposição é que espalhou explosivos pequenos nos aposentos dos oficiais, na cozinha, no salão e no seu precioso pátio, onde supostamente treinava todas as noites, aproveitando as madrugadas solitárias para arquitetar um plano maléfico. Vennus, eu confio em você, não siga com esse absurdo.

— Esse lugar representa tudo que está de errado com o mundo. Não há justiça e ordem, apenas o caos. Como posso não seguir em frente? Neste salão, os homens que mataram minha mãe roncam como bebês, livres das consequências.

— Seus amigos estão aqui também. No mundo real, longe das fábulas infantis. O bem e o mal não são delineados por linhas claras. — Avistei sua silhueta, caminhando com algo em mãos. Deslizei rapidamente o corredor, alcançando-o. Ele me olhava com aqueles olhinhos caídos cheios de sabedoria. As rugas propagavam-se pelo seu rosto quadricular. Viveu por anos demais, era mais sortudo do que a maioria.

— Eu sei, velho. É por isso que dói tanto. — Com a espada transfixada no peito do velho, ouvi seus gemidos. A vida se esvaziou rapidamente. Ele tentou me sussurrar algumas palavras, mas engasgou-se no sangue que descia de sua boca miúda.

Apoiei-o no chão, contra uma prateleira preenchida por livros de história, geografia e filosofia. Joguei o punhal de sua mão para longe, trocando-o por um livro grosso e velho. Assim, com o que ele mais amava em mãos, adormeceu para sempre. Beijei sua testa, retirei a chave da biblioteca de seu cinto e senti suas túnicas umedecidas pelo sangue. Evitei olhá-lo mais uma vez, temia desabar em lágrimas. Saí e tranquei a porta.

— Como estamos? — A voz de Pola fez com que eu desse um breve pulo, assustado.

— Está tudo certo — respondi, ainda perdido em meus pensamentos, buscando voltar para a realidade.

— Está em dúvidas? — Pola posicionou sua mão em meu ombro. Seus olhos pareciam um reflexo do meu, pois ambos explicitavam melancolia. Éramos traidores, afinal de contas. — Pelo amor que perdi. Por Jun, por sua mãe. Os combatentes revolucionários estão nos esperando do lado de fora. Vamos em frente.

A verdade é que eu não sabia muito sobre a revolução. Fui recrutado por um homem misterioso, o suposto líder dos rebeldes, enquanto eu lamentava a morte de minha mãe nas docas de minha cidade, numa noite chuvosa com brumas espessas. Ele não precisou dizer muito para me convencer. E em todas as vezes que o vi, ele me obrigava a ficar de costas. Lembro-me de sua voz, grosseira e imponente, me explicando exatamente o que eu devia fazer. O plano era o seguinte: infiltrar-me na Academia Imperial, plantar explosivos nos pontos cruciais sem ser visto: cozinha, enfermaria, salão, arsenal, entre outros. Perguntei onde eu deveria arrumar explosivos.

— Talvez entre as aulas de esgrima e as demonstrações de arco. — Entonei minha voz de maneira irônica. Ele me explicou que a rebelião era mais estruturada do que eu podia saber, e encontraria o que fosse necessário no velho armazém abandonado.

Ele mencionou que haveria mais um espião comigo para me auxiliar, alguém que entendia minha dor, usando um colar com um anel como pingente: Pola. Juntos, derrubaríamos a Academia Imperial de Mannheim. Para a rebelião, viraríamos heróis, mas eu pouco ligava para isso. Queria vingança pela minha mãe.

Albertus sempre me disse que a vingança corrói a alma e cega os olhos, não sei se ele tem razão. Não importa agora, vou seguir minha missão, completar o meu destino, mesmo que eu morra no processo. A morte não me parece algo tão ruim, quem sabe encontrarei a minha mãe e Jun no pós-vida.

Ateamos fogo na Academia, e aniquilaríamos os sobreviventes que escapassem, esperando-os próximo ao portão externo. Espero que meus amigos morram lá dentro, temo não ser forte o suficiente para enfrentar a decepção que causarei em seus corações. Deveria tê-los recrutado? Eles não entenderiam, conheço-os, fariam de tudo para me impedir, mas não deixarei que morram em vão. Morrerão por um bem maior, e carregarei essa culpa em meu âmago pelo restante de minha vida.

Se eu vê-los atravessando o fogo, correndo em minha direção, o que farei? Não há por que pensar nisso. Morrerão dormindo.

A vingança dos injustiçados inicia-se, com gritos desesperados e rajadas de chamas. Não há justiça nesse mundo. Então faremos justiça. Sou a faísca que acendeu a fogueira de uma revolução.

...

— Acorda, acorda! Rápido. — Ouvi a voz de Kay, berrando nos meus ouvidos.

Pulei da cama. Claro demais, meus olhos demoraram a se acostumar, e a vista não era nada agradável. Fogo. Chamas se alastrando por todo o quarto. Agarrei os meus lençóis e os ondulei ao vento, tentando interromper o fogo de se espalhar mais ainda.

— Não vai dar. Vamos morrer! — vociferava Carthen, tossindo com as mãos tampando a boca.

Vi um garoto ainda adormecido. Chutei sua perna, e ele despertou; sua confusão ficou de canto, e o medo tomou conta. Futilmente, tentou escalar as paredes, aparar o fogo e, por fim, gritar como uma gazela.

— O que está acontecendo? — perguntei a Kay.

— Eu não faço ideia, mas precisamos sair daqui antes de virar cinzas.

Olhei para os arredores, em busca de um caminho. Se tentássemos pular entre as chamas, é quase morte certa. Se ficarmos parados, também. Um pequeno feixe de luz atravessando as pedras. O buraco que costumávamos espiar.

— Aqui! Chutem aqui, até a parede ceder um pouco, depois tirem os pedregulhos com as mãos, é a nossa melhor chance! — Vibrei, com a resolução de que sobreviveríamos. — Ei! Onde estão Vennus e Pola?

— Sumidos. Quando acordamos, as chamas já tinham tomado conta do quarto! — Carthen dizia, enquanto chutava a parede comigo, Kay e o restante dos recrutas.

O que era uma pequena fresta, virou um buraco. Atentando-se para não exagerar na abertura e acabar nos soterrando, tiramos pedregulho por pedregulho, até a visão da Floresta dos Desprezados se fazer por completa.

— Vão! Eu ficarei, não saio daqui sem Vennus — retruquei, confiante.

Os recrutas correram para fora.

— Vou ficar. Estou com você até o fim. — Com um sorriso no rosto e os cabelos emaranhados, Kay disse, enchendo o meu coração de alegria. — Além do mais, Carthen tem uma queda gigantesca por você, nunca te abandonaria, não é mesmo?

Não sei quem ficou mais vermelho, eu ou Carthen. Apenas ignoramos seu comentário, enrolamos nossos corpos com o máximo de lençóis possíveis, vestimos nossas cotas de malha e botas, pulando nas chamas.

No corredor que dava para o salão, havia dezenas de corpos carbonizados. Ouvi gritos vindo de longe, sobreviventes. Corremos. Havia poucos soldados em pés, e os que estavam, cambaleavam para os lados, ainda afetados pelo uso exacerbado de álcool. Com baldes cheios d'água, eles tentavam apagar as chamas que subiam pelas paredes. A quantidade de mortos fez meu estômago revirar.

— Está bem? — Kay colocou as mãos nas minhas costas, confortando-me.

Fitei a Biblioteca. Albertus. As chamas já tinham tomado conta de toda a entrada da Biblioteca. Talvez ele ainda estivesse vivo, esperando resgate. Cortando as chamas, tentei me aproximar, mas o calor absurdo fazia meu corpo inteiro suar. A visão turvou-se e Kay me puxou pelos lençóis rapidamente, antes que eu desabasse.

— Não podemos ficar aqui. Vamos morrer, Albertus já deve ter evacuado há muito tempo. — Ela gritava, evocando razão.

Tossindo, saltando e nos apoiando uns aos outros, alcançamos o pátio exterior, onde o pequeno templo permanecia em pé, apesar das chamas o consumirem por completo.

Homens brandiam suas espadas, Cavaleiros Negros contra combatentes desconhecidos. Olhei para trás, e a visão era assustadora. A Academia Imperial completamente em chamas, brilhando como os raios do sol, desabando diante de meus olhos.

Quatro homens esguios se arremessaram em nossa direção. Desviei de um, inclinando meu corpo para o lado, agarrei-me à espada de suas mãos e cortei o seu calcanhar direito, para que não se levantasse mais.

Kay deu conta de dois, e já empunhava uma espada em cada mão. Carthen ainda lutava contra o último oponente, antes que pudéssemos ajudá-la, mais cinco apareceram.

Para cada saraivada desferida, contra-atacamos juntos. Dilacerando armaduras e calcanhares, evitando ao máximo ataques letais.

Desviei-me de um brutamonte, chutando-o em direção a outro inimigo, e caíram um sobre o outro. Kay aproveitou um momento de distração de um dos atacantes, pegando impulso numa parede atrás dela, e girou suas espadas numa investida digna de um herói.

— Atrás de você, paspalho! — gritou Carthen, rasgando lateralmente o peitoral de um homem que se esgueirava por trás com um mangual em mãos.

— Obrigado. — Pisquei meu olho direito para ela, aliviado por não ter morrido.

Abrindo caminho em meio ao caos, Kayla se demonstrava cada vez mais confortável com duas espadas em mãos, como se aquilo fizesse muito mais sentido que empunhar apenas uma. Eu a vi lacerar a armadura de um garoto não mais velho do que nós com uma única guinada de suas armas. Descreveu um círculo, e com seu aço idílico, perfurou o peitoral de mais alguns oponentes. Seu corpo portentoso não dava sinais de cansaço. Os cadáveres estirados no chão cresciam concêntricos a ela, munida de habilidades extraordinárias, projetavam sua espada para cima sem medo, confiante de que os únicos que morreriam eram seus inimigos. Fez um muxoxo com a boca, após facilmente derrubar um brutamonte de quase dois metros, talvez esperasse que ele desse um pouco mais de trabalho. Sem perder tempo com conjecturas, ela abria o campo de batalha para nós, e em troca, nós a defendemos de golpes sorrateiros.

Era como uma guerra de livros, mas em menor escala, com paliçadas ao redor, gritos desesperados ecoando de dentro do prédio principal, homens empunhando seus aços com ímpeto, arqueiros inimigos, de cima das muralhas, atingindo, com saraivadas de flechas, as poucas cabeças de quem tentavam escapar da Academia.

— Temos que derrubar os arqueiros, caso contrário, matarão a todos nós. — Kayla ordenou, apontando uma de suas espadas para uma fileira deles, enquanto rasgava as flechas que vinham em sua direção com a outra arma.

— Eu tenho um plano! — Vibrei, lembrando-me de uma aula cômica e aparentemente inútil.

— Por favor, não me diz que seu plano envolve tirar aquela quinquilharia do armazém. — Carthen acertou em cheio.

— Você e suas ideias criativas — resmungou Kay.

Corremos. O armazém não era muito longe do pátio, e para nossa sorte, não tinha ruído em chamas ainda. Em dias normais, demoraríamos poucos minutos para alcançá-lo do pátio, mas desviar de flechas encaminhadas para nosso crânio, saltar de corpos que agonizavam de dor e despachar guerreiros nos tornava muito mais lento. Com muita sorte, chegamos ao nosso destino. Carthen tentava esconder uma quantidade assustadora de hematomas e cortes espalhados pelo seu corpo.

— Jet, não tem como usar uma catapulta daqui, é um mecanismo de guerra de longuíssima distância — retrucou Carthen.

Ignorei-a, tentando me lembrar exatamente do caminho que fizemos naquele dia, à esquerda, à direita, e atravessar um gigantesco corredor, avistando uma plaquinha suspensa. Achei!

Virei para trás, sorrindo:

— Quem foi que disse algo sobre catapultas?

Ok. Devo assumir, meu plano não era lá o dos melhores: iríamos empurrar uma balista gigantesca e enferrujada para o ponto mais alto das muralhas, uma pequena torre de observação próxima ao portão de entrada. Lembro-me até hoje do dia em que escalamos essa torre e Vennus quase caiu dela, e teria morrido, com certeza, se eu não segurasse sua mão a tempo. Me pergunto, onde será que ele está agora? Sua companhia me faria muito bem.

— Eu levo os dardos. — Me arrependi instantaneamente do que disse, carregando um saco pesado, munido de lanças de metal e de madeira, dependi de meus amigos para me defender dos golpes que eu não conseguia aparar por estar mais lento.

A parte mais difícil foi conseguir subir uma balista pesada só com três pessoas, através de uma escada em forma de L, que parecia que ia pender a qualquer momento, enquanto constantemente parávamos flechadas, e derrubávamos brutamontes nervosos. Mesmo sangrando, conseguimos cumprir nosso objetivo, alcançando o topo da torre, posicionando a balista num local estratégico, onde dava para enxergar o epicentro da batalha. Agora era a parte legal, destruir por completo esses malditos arqueiros abaixo de nós.

— Eu vou, eu vou! — Kay pulava, empolgada, com as mãos erguidas.

— Eu defendo nossas costas, então — respondeu Carthen, resfolegando, como se o ar escapasse de seus pulmões. Confio em meus amigos com minha vida, mas temi pela saúde dela. Puxou um arco de suas costas, guardando a espada na bainha, e com facilidade lançou flechas aos que tentavam se aproximar.

As balistas são máquinas de guerras tão úteis quanto catapultas. Era basicamente um grande arco, com um guincho e uma catraca que criavam tensão para que as lanças voassem. Caso quisesse, uma balista empalaria um homem sem titubear. Puxei o cabo até ouvir um estalo. Kayla, com um dos olhos fechados e a língua de fora, concentrou-se nos alvos. Soltei o cabo quando ela me sinalizou que estava pronta. E pum! Uma dúzia de arqueiros desapareceu.

— Uhul! Isso é bem maneiro! — Kayla balançava os braços a esmo, contente com sua nova arma.

— Ali, matem aqueles malditos! — Um homem de elmo retorquiu para alguns capangas, apontando para nós.

Não havia mais tantas flechas na aljava de Carthen, mas ela fazia cada um valer. Derrubando todo tipo de oposição que se aproximava da torre, mas pouco a pouco, nossos inimigos ganhavam espaço, se aproximando cada vez mais do topo da escada.

Pum! Os inimigos tentavam revidar futilmente.

— Acabaram as flechas. Não vou conseguir segurar por muito tempo. — Carthen arremessou seu arco no rosto de um inimigo e sacou sua espada. Entre chutes, saraivadas e arfadas, ela nos defendeu primorosamente, até conseguirmos aniquilar por completo a presença dos arqueiros, restando vagas lembranças deles, como braços, pernas e arcos.

— Vou sentir falta de você, amada balista. — Kay acariciava sua ponta, como se fizesse carinho num gatinho fofo.

Nos juntamos a Carthen. Chutei um coitado escada abaixo, e de uma maneira muito cômica, ele derrubou quatro de seus colegas no processo. Juntos, avançamos de volta ao pátio. O nosso treinamento estava servindo de algo, éramos Cavaleiros Negros de verdade. De longe, uma figura familiar nos acenava.

— Vejam! É Pola ali! — Kay dizia, enquanto pulava por cima de dois machados.

Pola corria até nós, desviando do combate, deslizando-se por debaixo das pernas dos que ousavam atacá-la.

— Vocês estão vivos! Que maravilha! Venham, venham. — Ela disse com um mangual em mãos, se juntando a nós.

Era uma madrugada fria, apesar do calor das chamas amenizar o sopro gélido do vento. Eu vi uma silhueta, muito familiar, perfurando um gibão adornado pelo Sol Negro. Espremi os olhos, buscando identificar quem era. Um gigante se pôs à minha frente, tampando quaisquer possibilidades de avanço. Girou seu cutelo em minha direção, então fiz um semicírculo com os calcanhares, espetei sua coxa uma vez, duas vezes, três vezes, até que se mostrasse indisposto em levantar.

Não acreditei em meus olhos. Vennus cortando o pescoço de cavaleiros impiedosamente, girando para todos os lados, defendendo os invasores.

— Vennus! — gritei. Ele levantou a cabeça em minha direção. Queria ver seu rosto, suas expressões, queria saber o que se passava na sua cabeça para ele estar matando nossos companheiros. — O que está fazendo?

Ouvi um suspiro. O vapor gelado saindo de sua boca. Os olhos furiosos, mordia seus lábios tão violentamente que o sangue escorria pelo seu queixo. As frutas marcadas nos braços musculosos. O cabelo projetado para trás. Um semblante triste e derrotado.

— Jet, Kay! — Ele gritou.

Carthen recuou, fora atingida no ombro por um martelo vindo de um inimigo já derrotado por ela. Pola o desacordou com um golpe feroz no crânio e pressionou as feridas da amiga com as mãos para que ela não perdesse sangue demais.

— Tem algo de errado, Jet, eu consigo sentir — sussurrou Kay, com as espadas firmes em mãos, negando a ideia de se desarmar.

— Vennus, o que está fazendo? — Repeti, dessa vez mais alto.

Frente à frente. Senti sua respiração pesada, parecia cansado, provavelmente estava batalhando há muito tempo.

— Se eu dissesse para confiarem em mim... — Começou seu discurso com a voz baixa e tímida.

— Conte-nos o que está fazendo, Vennus. — Minhas mãos tremiam, temendo ter que levantar o aço mais uma vez para meu amigo.

— Confie em mim, por favor. Não me faça causar mais sofrimento. — Ele ergueu uma mão em minha direção, chamando-me para perto dele.

— Eu não posso, não até me dizer o que está acontecendo. Por que está matando nossos aliados? — retruquei, estava cada vez mais difícil me manter ereto.

Não havia nenhum inimigo ao nosso redor. Kay eliminou todos os restantes rapidamente, protegendo-nos de quaisquer investidas. Éramos só os cinco recrutas.

— Vennus, por favor. — Ela dizia, olhando diretamente em seus olhos.

— A vingança dos injustiçados. Começando por essa Academia desgraçada, responsável pela formação de monstros. Estou honrando a memória de Jun. Honrando minha mãe, através do fogo.

— Honrando? Você incinerou inocentes. — Rosnei, estava cada vez mais difícil manter-me em pé. Kay me segurou pela cintura.

— Não. Destruir para reconstruir. Uma revolução em Mannheim, devolvendo o poder ao povo. — Soltou o cabo de sua arma, fazendo-se indefeso. — Eliminando a raiz da violência, a polícia. Eliminando a raiz da corrupção, os burgueses. Por favor, ouçam a voz da razão, venham comigo.

— Essa não é a forma certa. Os erros do passado não podem virar os erros do futuro. Se seguir com seus planos, só encontrará morte e sangue. Precisamos quebrar as correntes do ódio.

— Eu sabia que não entenderia. Sinto muito, Cabeça de Ferro. O mundo não precisa de mais idealistas. Precisamos agir, enquanto há tempo.

— Sinto muito, também.

Kay observava nossa conversa cerrando os dentes, ansiosa para atacar. Sinalizei com as mãos para que mantivéssemos calma, mas a verdade é que estava difícil reunir a força e a coragem necessária para erguer minha espada em direção ao meu amigo. Não era mais uma briga banal. Matar ou morrer.

— Por você, mãe. Por Jun, por todos os que já sofreram com as engrenagens de um sistema injusto. — Ele vociferava, com as lágrimas escorrendo nos olhos, avançando em minha direção.

Kay não hesitou, berrando com as duas espadas.

— Você deveria seguir o conselho de Agnes. Preste mais atenção aos seus arredores. Pola, derrube-a! — comentou Vennus, calmamente.

Os olhos fulvos de Pola encontraram os meus. Ela havia fincando covardemente sua arma nas costas de Kayla. Minha espada silvou no ar, dando uma lufada precisa no seu peito. Desabou como um saco de batatas.

Ver Kay estirada no chão, agonizando em dor, fez com que minhas mãos voltassem a tremer.

Imaginei uma delicada pena. Posicionei-a suavemente entre meus dedos, meu único propósito era estabilizá-la. Para isso, precisei respirar fundo e me concentrar no presente.

Encontrei o equilíbrio, senti o ar preenchendo meu peitoral.

Viver ou morrer.

— Você vai se arrepender. — Calmo e em total controle do meu corpo, mergulhei em direção ao meu alvo.

Nossas espadas se chocaram. Vi quão habilidoso Vennus era, quando saltou por cima de um avanço meu e golpeou-me com um soco no nariz. Recuei, posicionando a espada acima de meus ombros. Desferi um golpe, depois outro, mantendo um ritmo de defesa bom.

— Você melhorou desde nosso último combate! Mas ainda não é páreo para mim! — Vennus era esperto, sabia que a vitória vinha não só da habilidade, mas em desestabilizar seu inimigo.

Avancei, criando um pouco de confiança. Por pouco não acertei seu ombro, as espadas se encontraram um pouco antes. Seu contra-ataque fulminante fez com que eu me desequilibrasse, quase caindo em cima do corpo de Kay. Andamos para os lados, estudando nossas fraquezas, esperando o momento certo de atacar.

— Ainda há tempo de se juntar a mim. Por favor, Jet, tome a decisão certa. Não me faça matar você, como tive de matar Albertus. — Ele estendeu uma das mãos em minha direção, abandonando sua posição de combate. Sem dúvida, era uma armadilha.

O ódio tomou conta de meus pensamentos, imaginar Albertus perfurado por uma espada, é como se mil carroças ruíssem sob meu peito de uma vez só.

— Seu monstro!

Com a visão embaçada e os músculos retesados, investi ao mesmo tempo que ele. Vi sua espada atingir minha barriga em cheio. Se não reagisse rapidamente, ele teria arrancado minha cabeça fora, pois seu próximo movimento veio de cima para baixo, numa guinada ágil.

Rodopiei mais uma vez. Erguendo-me sob os calcanhares, corri para o lado esquerdo, desviando-me de um terceiro golpe. Encontrei uma pequena abertura abaixo de seu braço. Arqueei o corpo para frente e ataquei. Rasgando parte de seu gibão, bem abaixo do sovaco.

— Você nos traiu! Você era o meu melhor amigo! — gritei.

— Eu estou fazendo o que é preciso. Eu vou mudar o mundo! — respondeu, conforme saltava com a espada projetada para meu abdômen.

— Você está matando dezenas de crianças, não mudando o mundo, seu tolo! — vociferei, odioso.

— Cale-se!

Defendi-me por pouco, e em meio às disparadas constantes, ele encontrou sucesso, cortando meus braços, peito e barriga. Em contrapartida, consegui acertar bons golpes, na sua coxa e peito.

Ao redor dos corpos de nossos amigos e inimigos, dançamos. Acertei-lhe com uma cabeçada. Revidou com um chute no abdômen. Resfolegando, senti que estava perto do meu limite. Não conseguiria desviar do próximo golpe, então abandonei minha espada e agarrei sua mão, acertando mais uma cabeçada em seu nariz. Soltou o aço de suas mãos e se jogou em meu pescoço, socando-me uma vez no estômago, e uma vez no maxilar.

— Seu maldito traidor! — Baliu Kay, com tremenda dificuldade, tentando se levantar.

— Eu pensei que você, acima de todas as pessoas, fosse me entender, Kayla. Queria você ao meu lado também, é difícil demais sem vocês! — Seus olhos lacrimejavam, jogou o cabelo desarrumado para trás, e avançou.

Escorreguei num corpo de um homem. Os punhos de Vennus arrancaram alguns dentes de minha boca. Cuspi sangue de meus lábios abertos, o rosto desconfigurado pelos socos constantes que trocamos, dificultava a visão. Ele não estava muito melhor, seu olho direito inchado num arroxeado assustador, e a mandíbula aparentava estar deslocada.

Exaustos, desabamos. Respirei fundo, o ar hesitava em preencher meus pulmões. Os braços sequer levantavam.

— O que fazemos, agora? — retrucou ele, tentando me distrair do fato que ele estendia sua mão em direção a um punhal próximo a um corpo jogado.

— Um de nós vai morrer — respondi, com dificuldade. Meu pulmão chiava, suspeitei que estivesse perfurado. Tentei agarrar o objeto que estava em minhas costas antes de ser perfurado.

— Eu sinto muito. — Expressei, ao vê-lo agarrar a espada e correr mancando em minha direção.

— Eu sinto muito também. Até o fim, irmão. — O sangue de seus lábios caía em minha testa, minha espada estava transfixada no seu peitoral. Não me posicionei à toa, despenquei estrategicamente atrás de Kay, confiando que ela me arremessaria discretamente sua espada. Ela confiava sua vida em minhas mãos, um sentimento recíproco.

Ele desabou, e seus olhos se fecharam. Abracei-o pela última vez. Ao fundo, as cerejeiras balançavam-se ao vento. Ajudei Carthen e Kay a se levantar. Caminhamos para mais perto da saída, onde o portão jazia aberto. Ouvi os relinchos de cavalos, os reforços chegaram. Cavaleiros Negros. Jorge, Agnes, Amus, Marco e mais alguns.

Marco me jogou em seu cavalo. Observei as árvores passando em borrões rápidos. Fitei um juazeiro, a Academia diminuía mais e mais. Alguns soldados que chegaram junto de nosso esquadrão, reviravam os corpos, buscando sobreviventes, conforme os galopes se aceleravam o cenário se apequenou. Agarrei-me à larga cintura de meu salvador, lutando para não perder a consciência, lutando para não morrer. De relance, vi Carthen e Kay respectivamente, com as cabeças viradas para trás, observando as chamas e fumaça tomando conta do céu, conforme os cavaleiros nos guiavam para longe do perigo.

Meus olhos se fecharam, desejei que jamais abrissem novamente.

Sonhei com Vennus, ambos sentados num único banquinho de madeira, trajando pesados peitorais de aço, com grevas, malhas, elmos e outros aparatos. Nossa vista era um belíssimo bosque, as árvores cresciam ao nosso redor, como se nos fitassem, curiosas. Ele categoricamente me enumerava qual era o sabor de cada uma das frutas que estavam ali. Jacas, mangas, goiabas, maçãs e minha favorita, as uvas. Ele gesticulava feliz, como um mercador ardiloso, ciente de seu poder de oratória. Seus olhos fixos em mim, ora abertos e cheios de vida, ora fechados, com moedas de ouro penduradas no centro deles. Seu corpo, forte e atlético, jazia repleto de hematomas e cortes, decorrentes de golpes de uma espada. Quando terminou seu discurso, me encarou com a cabeça levemente inclinada para o lado e me abraçou tão forte que mal consegui respirar. Senti sua respiração ofegante e seu calor, desejei que isso não fosse apenas um sonho. Seus lábios avermelhados estalaram, e o que ouvi deles, fez com que os pelos em minha nuca se levantassem. Ele disse:

— Fique tranquilo, cabeça de ferro, ainda vamos nos ver.

"Viemos a esse mundo sem sabermos quem somos, nos encontramos em amores e amizades, nos perdemos em espadas e sangue".

Bibliografia: A história de Mannheim, de Albertus do Sol Negro. ED. XVII.

# AGRADECIMENTOS

Muito obrigado aos que me ajudaram a tornar essa história realidade. Aos meus fiéis conselheiros e testadores: Carol, Félix, Giovanna, Lucas, Luis e Pedro. Paola, você me acompanhou por Mannheim desde o começo, com ótimas sugestões e questionamentos, e sustentou minhas idas constantes a esse reino inóspito e repleto de perigos. Pai, obrigado pelo apoio incondicional e por acreditar em mim. Mãe, agradeço imensamente por sempre me encher de amor. Vó, sem você, nada disso seria possível.

Uma jornada se inicia. Espero nunca os decepcionar.

As mãos de seus súditos tecem um futuro abominável. Nos confins do mundo, uma conspiração. Para um receptáculo portar o Fogo do Dyeaus.

Desafiando os fios do destino, o começo do fim.

Uma última canção.

A vingança dos deuses.

A SAGA DE FERRO:
LIVRO DOIS

# A TORRE DOS
# ALQUIMISTAS

# CAPÍTULO UM

## TRATE DO PASSADO COMO TRATA DE SUAS FERIDAS

Sob o alvorecer, numa planície próxima a um lago esverdeado onde peixinhos cinzas batiam suas barbatanas, estávamos montando nosso precário acampamento. A viagem para Edênia não seria fácil, a estrada defasada de pedregulhos tinha ficado para trás há muito tempo. Em direção às Dunas do Tempo, eu e Agnes ficávamos vigilantes, pois os perigos se tornaram mais e mais constantes. Dentre bandidos, salafrários e oportunistas, cortamos nosso caminho com ríspidas palavras e promessas de violência aos que se aproximassem demais. O mundo tende a não ser fácil para ninguém, mas nós, as mulheres, temos o sofrimento potencializado. Os lobos uivam noite adentro, e os gafanhotos não interrompem seu canto por nada, de tal forma que o silêncio nunca era presente. Havia se passado menos de um ano desde que as chamas consumiram a Academia Imperial, mas vivi tantas aventuras que tal trágico acontecimento era como um sonho distante e nebuloso, sobreposto por uma camada de negação. Um ano que aperfeiçoo minhas habilidades ao extremo, um ano para me tornar uma das melhores Cavaleiras Negras, um ano para que a espada em minha mão esquerda corte tão bem quanto a direita, um ano que não troco mais de uma dúzia de palavras com Jet, um ano que Vennus se foi.

O sol nascia em um alaranjado vívido, marcando o horizonte como uma pintura renascentista. Morros ao norte se erguiam, com árvores altas e floridas. Edênia não estava longe, se atravessarmos o Rio Linho e seguirmos até a constelação de Vardóvia corretamente por alguns dias, alcançaremos o litorâneo reino de Edênia, uma civilização tão antiga quanto os próprios Deuses. O mais difícil neste trajeto é sobreviver às Dunas do Tempo, onde as dores do passado se tornam o presente, e as tremulações do futuro enganam os mais fracos.

Agnes me ensinou a controlar minha respiração, de forma que agora sou capaz até mesmo de escolher o quão rápido meu coração deve bater. Achava deveras difícil manter-me completamente calma durante uma briga de espadas, mas pouco a pouco tenho me tornado melhor nisso. Agnes é tão experiente quanto Jorge, tão sábia quanto Albertus, e tão impulsiva quanto Vennus. Talvez por esse misto de semelhanças confortantes optei por sua tutoria.

— Kayla, o que passa pela sua mente agora? Vejo seus olhos viajando de um lado para o outro. — O fogo bruxuleava com o sopro do vento. Numa panela improvisada, esquentamos um coelho com repolhos, temperado ao pó de cúrcuma, a especiaria favorita de Agnes, que ela sempre trazia em sua bolsa durante viagens longas.

Pigarreei três vezes, como quem buscasse forças para começar a falar:

— Sinto que estou perdida num dilema impossível. O passado me assombra todos os dias e não sei se tenho mais forças para trancá-lo nas masmorras do esquecimento.

— Trate de seu passado como trata de seus ferimentos por cortes, jovem amiga. Traga-os à luz, cuide-os com as ervas necessárias, mesmo que ardam como mil sóis. Se não dói, é porque não está viva. Mas sinto que outra coisa lhe aflige mais que o passado...

Sinalizei para Agnes que se calasse. Saltei rapidamente, projetando o peitoral para frente. O silvo de uma flecha rasgou o canto dos gafanhotos, acertando em cheio minha armadura, logo abaixo do ombro direito. Três sombras se erguiam, braços longos e pernas firmes. Três oportunistas que sentiram o agradável cheiro de comida e vieram nos assaltar. O menor deles se encontrava no centro, segurando um arco erroneamente. Seus olhos negros pareciam cansados, como se não dormisse há um bom tempo. Os outros rodopiavam cimitarras enferrujadas, vestindo trapos leves e panos esverdeados para tampar os rostos vis. Agnes nem sequer se levantou, fazia parte de nosso acordo.

"Você lida com todos os contratempos possíveis em nossa viagem de ida, e na volta, me preocupo eu".

Retirei minhas espadas da bainha num movimento único, e o som metálico afastou pequenos pássaros que pousavam nas árvores próximas. Sorri maliciosamente. Os pés dos assaltantes se movimentavam de um lado para o outro, buscando se aproximar de mim de forma imprevisível. Esgrima é uma dança, caso não saiba dançar de acordo, será aniquilado.

Projetei meus braços à frente, ambas espadas gozavam da mesma largura e peso. Dançando como um bardo seguro de suas habilidades com o alaúde, avancei em direção às minhas presas. O músico tem a canção, eu tenho a espada.

Um dos homens investiu com ímpeto contra meu peitoral. Sem dificuldade, atravessei a ponta da espada na base de sua mão antes que pudesse me atingir, então ele baliu como um bode e derrubou a espada ao chão. Contornei seu torso sem dificuldade, me esgueirando até suas costas. Ele cheirava à bebida alcóolica e tristeza. O pomo duro de minha espada encontrou sua nuca, e o miserável encolheu-se no chão, inconsciente e babando.

As pernas trêmulas não mentiam, os meus oponentes estavam amedrontados. Sorri, reconhecendo que a batalha acabou antes mesmo de o meu aço ser banhado com o sangue deles. O segundo, levemente mais alto e com uma cabeça desproporcionalmente grande, saltou. Com as duas mãos agarrando o cabo da espada curta, ele atacou, de cima para baixo, num movimento curto e eficiente que me surpreendeu. Aparei o golpe com uma mão, recuando um pouco para trás, e senti o calor da fogueira nas minhas costas. Como uma demonstração de minha confiança, deixei que minhas armas caíssem de minha mão e acariciei meus cabelos de fogo.

Lentamente caminhei em direção ao oponente, que hesitava em me atacar, projetando sua espada para o chão. Talvez no reflexo dos meus olhos viu que fisicamente eu era apenas uma criança. Mal sabia ele, fui moldada por batalhas e sofrimento. Aproveitei que o inimigo estava absorto em seus pensamentos, arquei meu corpo como uma águia prestes a levantar voo e fui. Antes que ele pudesse contra-atacar, agachei-me e com minha perna direita, acertei-lhe uma rasteira violenta. A cabeça chocou-se na terra, causando um som de coco rachando.

O terceiro olhou para os dois amigos no chão uma vez, depois, outra vez, e por fim, numa terceira vez. Ergueu os olhos para mim e questionou:

— Você é um demônio?

Agnes ignorava completamente a batalha, estava dilacerando a coxa de coelho cozido com os dentes.

— Acho que não. Leve seus amigos para qualquer lugar, não me interessa onde. Não tenho paciência o suficiente para ouvir gemidos de dor enquanto como uma deliciosa refeição. Caso os deixe, prontamente o silêncio crescerá em razão das espadas cravadas no coração de cada um — respondi, em baixo tom, com as mãos gesticulando para que ele descesse do elevado terreno o mais rápido possível.

Sentei-me no chão ao lado de minha tutora. Em poucos minutos estávamos sozinhas. Ouvi alguns gritinhos e grunhidos vindo de longe, senti pena dos bandidos por alguns segundos, mas lembrei-me do que seriam capazes de fazer conosco caso os Deuses os agraciassem com uma vitória.

— O que achou da gloriosa ideia de acendermos uma fogueira numa planície próxima a uma estrada perigosa? Eu lhe avisei que alguns desafortunados tentariam nos roubar, matar e sei lá mais o quê. É um bom treinamento para você, lutará a noite inteira pela sua vida, não temendo a espada, mas temendo a mente perversa de um homem. — Agnes dizia entre cuspidas, mastigadas, bebericadas e simulacros de sorrisos. Deitou-se no chão, remexendo-se um pouco até encontrar uma posição que fosse minimamente confortável.

E dessa forma, a noite caiu, expandindo-se na imensidão. As estrelas brilhavam, rodeando a Lua com seu exótico e fino anel circulando sua imensidão cintilante. Meus aços banhados em sangue, minhas vestes rubricadas em linhas pelos esguichos constantes, mas nenhum ferimento provinha de mim. Mantive-me ágil, forte a atenta, até o Sol ressurgir no horizonte, trazendo com ele o canto dos pássaros. O céu se dividia em um sutil degradê entre azul escuro, vermelho e amarelo, e as nuvens espichadas se assemelhavam a pinceladas calculadas de um pincel branco nas mãos de um pintor renomado.

— Agnes, acorde... Está amanhecendo, derrotei onze homens no total, e uma mulher. Devo acrescentar que foi mais difícil lidar com ela, já que lutava com uma lança exótica e curvada. — Retorqui minhas palavras com o máximo de sobriedade possível, mas a realidade é que eu estava quase desabando de sono. Se algum maldito levantasse a espada pra mim, eu apenas fecharia meus olhos e aceitaria o destino.

Bocejando enquanto amarrava seu cabelo em um coque rudimentar, ela começou:

— Bom dia! Descanse enquanto eu recolho nossas coisas. — Olhou para a madeira queimada no centro do nosso círculo de soslaio, demonstrou decepção em seu olhar, mas evitou ao máximo expressá-lo: — A fogueira apagou, é uma pena, pensei que seria plenamente capaz de derrotar seus oponentes e manter uma fogueira acesa ao mesmo tempo.

Revirei os olhos, mas entendi que era apenas uma piada mal gosto. Deitei de qualquer jeito, importando-me apenas com posicionar a cabeça em cima de minha bolsa de linho, e adormeci sem nem sequer dar espaço para minha mente divagar.

Sonhei com Yondu, rodopiando a peixeira ao redor de seu corpo com absoluta maestria, enquanto eu, sentada em seu barquinho velho, ria descontroladamente; éramos apenas os dois, perdidos na imensidão de um lago esverdeado. Por alguns anos de vida, essa era a minha realidade: risadas, brincadeiras, peixeiras, espadas de madeira, barcos e livros, ao lado de um pai amoroso.

Para saber mais sobre os títulos e autores da
SKULL EDITORA, visite nosso site
e curta as nossas redes sociais.

WWW. SKULLEDITORA.COM.BR

FB.COM / EDITORASKUL

@SKULLEDITORA

SKULLEDITORA@GMAIL.COM

QUER PUBLICAR E NÃO SABE COMO,
ENVIE SEU ORIGINAL PARA:
ORIGINAIS.EDITORASKULL@GMAIL.COM